Dario Fo

Geschichte einer Tigerin

Aus dem Italienischen und
mit einem Nachsatz von
Renate Chotjewitz-Häfner

Rotbuch Verlag

Die Deutsche Bibliothek – CIP-Einheitsaufnahme
Fo, Dario: Geschichte einer Tigerin / Dario Fo.
Aus dem Ital. von Renate Chotjewitz-Häfner. –
1. Aufl. – Hamburg : Rotbuch-Verl., 1995
(Rotbuch-Taschenbuch ; 1010)
ISBN 3-88022-360-2
NE: GT

1. Auflage 1995

Originaltitel: *Storia di una tigre e altre storie*
Fotos: Vera Tenschert, Berlin
Umschlaggestaltung von Michaela Booth
Aufführungsrechte für den
deutschsprachigen Raum:
Verlag Autorenagentur Frankfurt
Gesamtherstellung von der
Druckerei Wagner in Nördlingen
Printed in Germany.
ISBN 3 88022 360 2

Inhalt

Geschichte einer Tigerin

Vorrede

Das erste Stück unserer Aufführung will das Positive in den Vordergrund stellen und stützt sich auf Hoffnung: ausgerechnet jetzt, da uns die Situation so hoffnungslos negativ, in Auflösung begriffen vorkommt.

Das Tigerstück ist ein Gleichnis, es ist »die Geschichte der Tiger«. Ich habe sie zuerst in Florenz aufgeführt, gewissermaßen als Generalprobe. Und ich erinnere mich noch, wie entscheidend sich das Publikum an diesem Abend beteiligte. Viele Diskussionsbeiträge waren richtig und treffsicher und bestätigten mich in meiner Arbeit. Andere machten mich aufmerksam auf Schwachstellen, Ausrutscher, Passagen, die ich kürzen oder verändern sollte.

Also habe ich die Geschichte gerafft: Anfänglich dauerte sie eine Viertelstunde. Dann habe ich sie ausgefeilt, korrigiert, gekürzt und zusammengefaßt, immer wieder, bis das Stück schließlich 45 Minuten lang war.

Das ist kein Witz, denn wenn man im Theater etwas verdichten will, darf man nicht einfach drauflosschlagen und alles kurz und klein hacken, im Gegenteil! Die Geschichte habe ich zum erstenmal vor vier Jahren gehört, aber es war eher eine Aufführung als eine Erzählung, und zwar in Shanghai, China. Damals, in dieser Zeit, wurden da unten viele solcher Geschichten erzählt.

Es war ein sehr lebendiges, volkstümliches Theater, das durchreisenden Touristen verborgen blieb; außerhalb des offiziellen Theaterbetriebs, an der Peripherie: eine richtige Produktionsstätte der Phantasie, Groteske und Ironie. Ich glaube nicht, daß die Geschichte noch öffentlich so aufgeführt wird, wie ich sie gesehen habe, vor vielen tausend Menschen, Frauen, Kindern, Männern, auf einer Wiese in der Gegend von Shanghai.

Der Erzähler sprach den Dialekt der Landbevölkerung, den Dialekt einer Minderheit. Einer Minderheit von etwa 60 Millionen Einwohnern, denn in China sind 60 Millionen wirklich eine Minderheit, wenn ihr bedenkt, daß rund eine halbe Milliarde Menschen die Nationalsprache gebrauchen.

Damals faszinierten mich besonders die Geräusche und Lautbildungen, die dieser bäuerliche Schauspieler aus seinem Dialekt hervorzauberte: Laute und Klangfarben, die nichts zu tun hatten mit dem fließenden Chinesisch der Leute, die ich bis dahin getroffen hatte. Seine Sprache war breiter, mit härteren Klängen; rutschte manchmal in einen halbverschluckten, dumpfen Gesang, eine Art Litanei, die mich plötzlich an die Feldgesänge der Bauern in der Poebene erinnerte, und an die Dialektgeschichten auf den Bergen und Hochtälern der Lombardei. Kurz, ich fühlte mich wie zu Hause. Als ich dann sah, wie dieser außergewöhnliche Spielmann seine Erzählung mit Gesten begleitete, wie sein Körper mitspielte, mal den Text unterstrich, mal sich ihm entgegenstellte, sich zu Lauten, zu dichten oder breitgezogenen Worten bewegte, endlich stumm war: eine Pantomime; da begriff ich, daß vor mir großes Theater gespielt wurde, in dem eine Tigerin die Hauptrolle spielte.

Seine Partner, sozusagen die Nebenhauptdarsteller der dräuenden Tigerin, waren ein Tigerjunges und ein Soldat. Leider war unser Dolmetscher aus Peking und verstand kein Wort dieses Dialektes. Glücklicherweise fand sich ein Ortsansässiger, der die Nationalsprache beherrschte. So gelang es uns, das Possenstück, die Tigergeschichte, die ich euch erzählen werde, vollständig zu übersetzen.

Sein Inhalt war mir bereits bekannt, durch eine Autorin namens Colotti-Pischel, die nicht nur die chinesische Kultur sondern auch die Politik hervorragend erforscht hat. Ich kannte allerdings nur die Grundidee, nicht die gesamte Erzählung. Es ist die Geschichte eines Soldaten, der erzählt; das heißt, der Spielmann spricht von sich in der ersten Person, er erzählt von sich selbst als Soldat; der von der Grenze der Mandschurei herabkommt und den langen Marsch beginnt.

Ihr wißt sicher, daß zu diesem Heer die vierte und siebte Armee sowie einige Regimenter der achten Frontarmee gehörten. Zu Tausenden und Abertausenden kamen die Menschen herunter aus dem Norden Chinas nach Kanton, legten Tausende von Kilometern zurück. Dort angekommen, durchqueren sie Kanton, erblicken vor sich Shanghai, biegen von dort aus nach Westen ab, durchqueren ganz China in der Horizontale, bis sie am Fuß des Himalaya ankommen. Hier müssen sie die Abhänge der Gebirgskette überqueren, um das »Grüne Meer« zu erreichen, das berühmte wüste Sumpfland, das sich längs der Grenze zur Mongolei hinzieht, und von dort aus nordwärts aufsteigen, wo sie sich neu organisieren und die große Revolution beginnen.

Unser Soldat aber wird das »Grüne Meer« nicht erreichen; ihn trifft eine Kugel, die ihm die Soldaten Chian Kaisheks verpassen, wie er gerade die Himalayakette überquert. Die Kugel reißt ihm eine gräßliche Wunde, ein Wundbrand entsteht. Der Arme ist dem Tod nahe, leidet, und seine Genossen wissen, er überlebt das nicht; ist dem Ende nahe.

Einer der Soldaten, ein Genosse aus seinem Heimatdorf, meint, er müsse ihn umbringen, ihn töten, bloß um seinen schrecklichen Todeskampf abzukürzen. Aber unser Soldat weigert sich und ruft: »Ich gebe nicht auf!« Das ist das erste Gleichnis: Durchhalten, Widerstand leisten, auch im Angesicht des Todes.

Er besteht darauf, daß seine Genossen ihn zurücklassen, verlangt eine Pistole, eine Decke, ein wenig Reis. Bleibt allein. Er schläft ein, aber weil ein Unglück selten allein kommt, wacht er wieder auf, als ein schrecklicher Orkan mit Getöse aufzieht. Eine Wasserflut stürzt vom Himmel, die unter seinen Füßen anschwillt wie ein Fluß.

Mit letzter Kraft gelingt es ihm, sich an einem Felsvorsprung hochzuziehen, auf allen Vieren erreicht er die Hochebene, durchquert einen reißenden Sturzbach. Auf der anderen Seite entdeckt er in der Felswand die Öffnung einer riesigen Höhle. Als er, endlich im Sichern, in der Höhle ist, begegnet er dem Tiger.

Der Tiger – in unserem Stück die Tigerin und ihr Junges – hat eine klare allegorische Bedeutung in China. Von einer Frau, einem Mann oder einem Volk sagt man, sie haben den Tiger, wenn sie in einer schwierigen Situation, wo alle anderen fliehen, sich verstecken, weglaufen, den Kampf aufgeben und kaputtgehen – ja, sogar sich selbst und ihre früheren Taten verleugnen – wenn sie gerade dann durchhalten und Widerstand leisten. Die Bauern von Shanghai erklären das so: Wer den Tiger hat, der leistet Widerstand, auch wenn er die Glut in der bloßen Hand aufheben muß. Denn wenn diejenigen, die panikartig geflüchtet sind, wieder Mut gefaßt haben und zurückkehren, dann muß jemand da sein, der für sie das Feuer am Leben gehalten hat – für einen neuen Anfang, damit sie sich erneut organisieren und den Kampf wieder aufnehmen können.

Ein anderes, wohl das grundlegende Gleichnis vom Tiger besagt: Wer niemals an niemanden nichts delegiert, der hat den Tiger. Jemand, der seine Probleme nie von anderen lösen läßt, auch dann nicht, wenn der Bevollmächtigte ein allgemein hochgeachteter Führer wäre, einer, der unzählige Male bewiesen hat, daß er weiß, was zu tun ist, ein vertrauenswürdiger, ehrenwerter Parteisekretär – niemals! Wer den Tiger hat, der verpflichtet sich mitzumachen, selbst teilzunehmen, zu kontrollieren, zu überprüfen, stets gegenwärtig und verantwortlich zu sein. Nicht aus Mißtrauen, sondern weil es ein idiotisches und schädliches Krebsgeschwür gibt, das dem Klassenkampf schadet, nämlich die blinde Vertrauensseligkeit. Sie ist der Gegner von Vernunft und Revolution.

Das also ist das Gleichnis vom Tiger. Ich werde euch diese Geschichte jetzt auf chinesisch vortragen, denn ich habe die Erfahrung gemacht, daß dieser chinesische Dialekt ganz einfach und leicht zu verstehen ist ... da werden zum Beispiel Stimmen und Laute nachgeahmt ... überdies enthält die Geschichte lauter Situationen, die man sehr gut durch Gesten begreiflich machen kann ... hier und da kann für bestimmte Ausdrücke ein heimisches Dialektwort eingeschmuggelt werden, zum Beispiel aus der Poebene. Keine Angst, ihr werdet sofort erstaunt bemerken, daß euch kein Satz unklar bleibt, und ihr werdet meinen, ich erzähle im Dialekt der Bauern von Veneto-Lombardei-Emilia-Piemont ... obgleich es sich um niederchinesisch handelt.

Es lebe das Theater! Ich fange an.

Damals, als wir von der Mandschurei heruntergekommen sind mit der vierten, der achten und dem Großteil der Siebten Armee, schleppten wir uns Tag und Nacht voran auf lahmen Beinen; Tausende und Abertausende waren wir, beladen mit Bündeln, verdreckt und erschöpft, immer weiter, mit Pferden, die nicht durchhielten und starben, und wir aßen die Pferde auf, wir aßen die Esel, die krepierten, und die Hunde, wir aßen sogar Katzen, Eidechsen und Ratten, bloß um zu essen! Dann kriegten wir die Scheißerei! Entleerten uns in einer Art und Weise, daß auf dieser Straße die nächsten hundert Jahre so hohes fettes Gras wachsen wird wie sonst nirgendwo!

Wir krepierten, denn die Soldaten von Chian Kaishek beschossen uns; die weißen Banditen schossen tagtäglich, aus allen Ecken; wir gingen ihnen in die Falle; sie erwarteten uns in den Dörfern, hinter Mauern versteckt, sie vergifteten uns das Wasser, und wir starben, starben, starben.

Wir haben Shanghai erreicht und weiter gings, wir kamen voran, sahen hoch vor uns die Berge des Himalaya liegen.

Und dort haben unsere Anführer gesagt:

»Bleibt stehn, weil hier eine Falle sein kann, ein Hinterhalt; dort auf dem Gipfel oben können die weißen Banditen von Chian Kaishek sein und abwarten, daß wir die Schlucht passieren. Folglich geht ihr von der Nachhut da hoch und paßt auf, während wir durchmarschieren.«

Und da sind wir geklettert, kletterten hoch auf die Gipfel und den Kamm, hoch auf die Spitzen und warteten ab da oben, ob uns vielleicht wer in den Hintern schießt.

Und die unten, unsere Genossen, marschierten und marschierten und wir riefen ihnen zu:

»Keine Angst, wir hier oben passen auf, lauft weiter, weiter, weiter!«

Beinah einen Tag lang liefen und liefen sie, endlich waren wir an der Reihe. Wir steigen runter.

»Und wer schützt jetzt unseren Hintern?«

Beklommen klettern wir herab, beobachten das Tal unter uns. Wie wir mitten in der Schlucht sind, überraschen uns von oben die Banditen, fangen an zu ballern: PÄNG PENG PANG! Hab ich zwei Felsbrocken entdeckt, warf mich zwischen hin, war in Deckung und knallte: PANG! Da merk ich, daß ein Bein, mein linkes, ungeschützt war:

»Verdammt, hoffentlich sehn sie's nicht.«

PANG!

»Irrtum. Sie haben mein Bein voll erwischt, durchlöchert mit einer Kugel, und den Hodensack gestreift, das zweite Ei beinah Volltreffer, hätt ich ein drittes, hätten sie's bestimmt zerquetscht!«

Ein Schmerz!

»Verdammt, – sage ich – die haben den Knochen getroffen!«

Nein, der Knochen war heil.

»Meine Schlagader hat's erwischt ... nein, kommt kein Blut.«

Ich preßte und drückte, damit das Blut rausfloß. Hab ganz vorsichtig versucht zu gehen, es ging, hab nur ziemlich gehinkt. Aber zwei Tage später fing das Fieber an, ich kriegte vor lauter Fieber Herzklopfen, bis in den großen Zeh: PUM PUM PUM. Mein Knie wurde dick, und an den Leisten bekam ich eine Riesenschwellung.

»Das ist Wundbrand! Der verfluchte Wundbrand!«

Mein Blut verfaulte, ein schlechter Geruch breitete sich aus um mich, und meine Genossen sprachen:

»Bleib dahinten, du stinkst zu sehr.«

Sie haben zwei lange Stangen geschnitten, Bambusrohre, acht bis zehn Meter lange. Zwei von meinen Freunden taten sich zusammen, einer lief vorne, einer hinten, die Stange auf ihren Schultern. Ich in der Mitte, hängte mich drauf mit den Achseln und trat kaum noch auf beim Gehen.

Die beiden reckten die Köpfe hoch, hielten sich die Nasen zu, damit sie den Modergestank nicht rochen.

Eines Nachts waren wir in der Gegend vom großen »Grünen Meer« angelangt, ich hatte die Nacht über geschrien und geflucht, nach meiner Mutter gerufen. Am Morgen kam dann ein Soldat, mein Genosse, der mir so lieb war wie mein eigener Bruder, hat eine enorme Pistole hervorgeholt und hierhin gesetzt. *Er zeigt an seine Schläfe:*

»Du jammerst zuviel, ich kann nicht mehr mit ansehn, wie du leidest, hör zu ... nur eine Kugel, dann ist es vorbei.«

»Dank für die Solidarität und das Verständnis, ich versteh deinen guten Willen, beim nächstenmal gerne, mach dir nichts draus, ich bring mich selbst um, wenn's soweit ist. Ich will durchkommen, ich will! Geht nur, ihr könnt mich ja kaum noch schleppen. Geht schon, geht weg! Laßt mir nur eine Decke, eine Pistole und eine Schüssel mit Reis!«

Da sind sie weggegangen. Und wie sie weiterliefen durch den Sumpf, das »Grüne Meer«, habe ich angefangen zu schreien:

»Heh Genossen, Genossen ... verdammt nochmal! Erzählt meiner Mutter nicht, daß ich verfault bin! Sagt ihr, daß ich mit lachendem Gesicht starb, als mich eine Kugel traf! Heh!«

Aber sie drehten sich nicht um, taten, als ob sie mich nicht hörten, und schauten nicht rückwärts, weil niemand sie sehen sollte. Ich wußte ja: Über ihre Gesichter liefen die Tränen. Ich hab mich hinfallen lassen, in die Decke gewickelt und bin eingeschlafen.

Ich weiß nicht wie, es war wie ein Alptraum, und ich sah, daß der Himmel voller Wolken war, die aufplatzten, und dann fing es an zu schütten: Ein Meer von Wasser. ZISCH! Ein schreckliches Getöse!

Ich bin aufgewacht. Ja, es stimmte: um mich ein Wassermeer. Ein Unwetter, die Flüsse stürzten tosend ins Tal, die Bäche fluteten über, das Wasser: BLOBB, BLOBB, BLUBB, BLUBB, stieg und reichte mir schon bis ans Knie.

»Zum Henker, ich werd nicht verfaulen, sondern ersaufen!«

Fing an zu klettern, nur weg, weg hier, eine abschüssige Felsplatte hoch bis ins Geröll, klammerte mich an Zweigen fest mit den Zähnen; meine Nägel splitterten. Endlich auf dem Felsrücken fing ich an zu laufen, quer über die Hochfläche, zog mein Bein hinterher wie einen toten Fisch, dann bin ich in einen Bach gesprungen, endlos geschwommen, dank meiner Arme ans andere Ufer gekommen, die Böschung hochgeklettert, und da plötzlich sah ich etwas ... Eu! Eine Grotte, eine riesige Höhle. Ich machte mich rein: »Gerettet! Ich werd doch nicht ersaufen ... sondern verfaulen!« Ich schau mich um, es ist dunkel, gewöhne mich dran ... sehe Knochen, ein Tiergerippe, ein abgeknabbertes riesiges Gerippe ... ungeheuer!

»Wer mag das gefressen haben? Lebt hier ein wildes Tier, eine Bestie? Hoffentlich ist sie umgezogen samt ihrer Familie, ist ersoffen in den Sturzfluten der Flüsse.«

Naja, ich mach mich nach hinten in die Höhle, strecke mich aus. Da hör ich wieder das Gepumper: PUM PUM, das Herz klopfte mir bis in den großen Zeh.

»Ich sterb, ich sterb, ich sterb, es ist aus.»

Plötzlich seh ich in der Helligkeit am Eingang der Höhle einen Schatten, wie ein Scherenschnitt. Ein riesiger Kopf. Ein Kopf! Zwei gelbe Augen mit zwei schwarzen Streifen in den Pupillen ... groß wie Laternen. Was ein Tiger! Ein Mordsvieh! Ein Elefantentiger! Eujeh! Er trug in der Schnauze ein Tigerchen, das einen aufgeblähten Wasserbauch hatte. Ein abgesoffenes Tigerchen. Sah aus wie eine Wurst, wie eine gestopfte Schweinsblase. Läßt es fallen, BONG ... drückt ihm mit der Tatze auf den Bauch ... Wasser kommt ... URRG ...

aus dem Maul; ja, es ist wirklich ertrunken. Ein anderes Tigerchen strich der Mutter um die Beine, das scheinbar eine Melone im Bauch hatte: Auch sein Wanst schleifte voll mit Wasser am Boden. Die Tigerin erhebt ihr Haupt, schnüffelt, USCH USCH die Höhlenluft ein.

»Verdammt, wenn sie fauliges Fleisch mag, bin ich erledigt!« *Er bewegt Arme und Beine wie ein Tiger, geht dabei auf der Stelle.*

Sie entdeckt mich ... kommt näher, immer näher. Ihr Kopf wird größer und größer, unheimlich groß! Ich spüre, wie sich meine Haare sträuben, sie knistern laut ... KRACK ... nun sträuben sich die Haare in meinen Ohren, in meiner Nase und noch ganz anderswo; eine Bürste!

»Sie kommt, sie kommt, sie ist ganz nah, sie riecht an mir.«

»GRAARR!« *Tut, als wolle er sich hinlegen.*

Und trabt schwänzelnd ab nach hinten, streckt sich lang und zieht ihren Sohn, das Tigerchen, an den Bauch. Da seh ich: Ihr Gesäuge war so prall voll mit Milch, daß sie beinah platzte, denn sie hatte bei dem Wolkenbruch, der runtergekommen war, seit Tagen nicht mehr gestillt. Außerdem war ein Kind, das zweite Tigerchen, ertrunken und tot. Die Mutter zerrt den Kopf des Kleinen an ihr Euter und macht:

»GRAARR!«

Und das Tigerchen:

»GREERR!«

»GRAARR!«

»GREERR!«

»GRAARR!«

»GREERR!«

Mimt die Mutter, die dem Jungen die Zitze reicht, und sein Knurren.

Eine Familienidylle! Das arme Tigerkind hatte ja recht; es war dick wie eine Tonne, bis zum Hals voll Wasser. Da war nichts zu machen. Noch ein Tröpfchen

Milch? Nein, das Faß war am Überlaufen. Das Tigerchen jedenfalls hatte sich ganz nach hinten in die Höhle geflüchtet ... und murrte.

»GREERR!«

Und die Tigerin grollte! Sie dreht sich zu mir hin, stellt sich auf die Hinterbeine und mustert mich. Glotzt mich an! Zum Henker, auf ihren Sohn ist sie wütend und an mir läßt sie's aus, ich soll das ausbaden? Was geht's mich an? Höh, ich gehör nicht zur Familie. KRACK TUM, TUM, TUM. *Er imitiert das knisternde Geräusch der sich sträubenden Haare.* EINE KRATZBÜRSTE! Kommt immer näher, mit ihren Laternenaugen, PATSCH! Hab ich die Zitze im Gesicht.

»Ist das die feine Art, einen Menschen mit der Titte erschlagen?«

Sie dreht den Kopf her und macht:

»GRAARR«, als will sie sagen: »Trink endlich!«

Ich packe eine Zitze mit zwei Fingern, setze sie gerade so an die Lippen.

»Danke für die Kostprobe.« *Er mimt, daß er kaum an der Zitze kostet.*

Das war mein Fehler! Sie dreht sich her, vergrätzt:

»GRAARR!«

Denn man soll nie die Gastfreundschaft der Tiger mißachten! Sie werden zu Bestien! Also nahm ich ihre Brust und ... TSCHUM TSCHUM TSCHUM ... *Er zeigt pantomimisch rasches, gieriges Saugen.* Mhhm! Schmeckt nicht schlecht, Tigermilch! Vielleicht eine Spur bitter ... aber sahnig! Ging mir runter wie nix, gurgelte in meinen total leeren Magen KLATSCH PLATSCH FLUTSCH. Die Milch flutschte in meinen ersten Darm, PLOPP, breitete sich in meinen leeren Gedärmen aus, denn ich hatte ja seit 14 Tagen nichts mehr gegessen. PFRUM ZISCH PFRII, schäumte und schüttelte alle Gedärme, die ich habe, einzeln! Schluß, PLOTSCH PLOTSCH PLOTSCH. *Er zeigt, daß er die leere Brust zusammenfaltet, wie eine Plastiktüte.*

»Dankeschön.«

Sie macht einen Schritt vorwärts, TACK! Noch eine Zitze. Unglaublich, wie viele Zitzen eine Tigerin hat. Eine wahre Zitzerei! Ich fing an, die nächste leerzutrinken, versuchte, eine Kleinigkeit Milch wegzuschütten, aber sie blieb stur, ganz Auge, kontrollierte mich.

Wenn ich nur ein Tröpfchen Milch verschütte, frißt die mich. Ich krieg kaum noch Luft: KLATSCH PLATSCH FLUTSCH, saugte und saugte. Die Milch glitt runter, ich erstickte fast: PLOPP PLOPP PLOPP, hörte direkt, wie die Milch in mich reinläuft, bis in die Beine. Tatsächlich, ich hatte das Gefühl, daß mein Herz nicht mehr so stark klopfte. Sogar in die Lunge spürte ich die Milch laufen. Ich war ganz voll Milch. Fertig, PLOPP, da drehte sie sich um: Noch ein Satz Zitzen! Kam mir vor wie in der Fabrik am Fließband. Mein Bauch war ganz prall, randvoll. Wie ich da hockte, völlig fertig, mit meinem aufgeblähten Bauch, kam ich mir vor wie ein Buddha. PFLOPP, PFLOPP, PFLOPP, ein dauerndes Gerülpse. Versuchte mit aller Kraft die Arschbacken zusammenzukneifen, aber wie!

»Wenn ich den Milchdurchfall kriege, das gibt ein Gespritze, sie wird wütend, schnappt mich, taucht mich in die Milch ein wie einen Zwieback in den Milchkaffee und frißt mich!«

Ich suckelte und suckelte, soff bis zum bittern Ende, war zum Platzen voll, glaubt mir, ich war besoffen vor lauter Milch, wie bedeppert. Spürte nur noch Milch, die mir aus Nase und Ohren rausgluckerte! PROFF, ich schnappte nach Luft!

Die Tigerin hat ihren Dienst beendet, leckt mir einmal über die Fresse von unten nach oben: SCHLABB! Meine Augen rollen in die Höhe wie bei einem Mandarin. Dann tigert sie schwänzelnd nach hinten ab, wirft sich längs, schläft ein, genau wie ihr Junges. Ich hocke da, bis obenhin voll. *Er sitzt in der starren Haltung eines Buddhas.*

»Ohweia, ich wage nicht, mit den Augen zu zwinkern, sonst ... platze ich! PRRR!«

Ich weiß nicht, ich bin dann ganz ruhig und friedlich eingeschlafen, wie ein Kind. Wie ich morgens aufwache, fühle ich mich schon ein bißchen leichter. Um mich herum ist alles feucht; lauter Milch ... was war bloß los? Wo ist die Tigerin? Weg, das Tigerchen auch. Werden fortgegangen sein, vielleicht zum Pissen. Ich warte ein Weilchen ... mir war ein bißchen mulmig! Hatte bei jedem Geräusch Angst, daß irgendein fremdes Vieh ankommt. Daß womöglich eine andere Bestie reinmarschiert. Was sag ich dann?

»Tut mir leid, die gnädige Frau ist ausgegangen, wollen Sie eine Nachricht hinterlassen?«

Ich machte mir Sorgen, wartete. Bis zum Abend; endlich kam sie zurück, die Tigerin. Schön und geschmeidig; ihr Gesäuge war schon wieder geschwollen, nicht so proppenvoll wie am Tag vorher, nein, eher halbvoll, ganz gut gefüllt. Da kam auch schon das Tigerchen. Die Tigerin schnuppert als erstes die Höhlenluft, schaut sich um, entdeckt mich und macht:

»GRAARR!« Also etwa: »Du bist noch da?«

Und auch das Tigerchen macht:

»GREERR.«

Sie trollen sich ab nach hinten. Die Tigerin streckt sich lang hin. Der Wasserbauch vom Tigerchen war nicht mehr so aufgebläht, nur ab und zu spuckte es: WUPP! noch ein Tröpfchen aus. Wirft sich neben seine Mama. Die packt es vorsichtig am Kragen und legt es sich vor den Bauch:

»GREERR!« *Er spielt, daß sich das Tigerjunge weigert zu trinken.*

Die Tigerin:

»GRAARR!«

»GREERR!«

Und mein Tigerchen sucht das Weite. Es machte sich nichts mehr aus flüssiger Nahrung. *Er spielt die Tigerin, die sich an den Soldaten wendet. Der Soldat ist jetzt ganz willenlos und beeilt sich zu trinken.*

»TSCHUM, TSCHUM, TSCHUM.« *Er trinkt.*

Was ein Leben! Dann fing sie an, während ich suckelte, meine Wunde zu lecken.

»Verdammt, sie nimmt eine Kostprobe. Falls ich gut schmecke, wird sie mich auffressen, während ich nuckele!« Aber nein, sie leckte und leckte: Wollte mich behandeln. Und begann, das faule Zeug, was meine Beule füllte, abzusaugen. FFF PFFT spuckte aus PFUTTT bis alles raus war: PFAPP! Verdammt, die hatte das raus! Sie spuckte lauter Speichel, diesen Geifer, den die Tiger haben, ganz dick auf meine Wunde. Da fiel mir plötzlich ein, daß Tigerspucke ein hervorragendes, wunderbares Heilmittel, eine Medizin, ist. Ich erinnerte mich, wie ich ein Kind war, kamen in unser Dorf oft alte Männer, es waren Medizinmänner, richtige Hexenmeister. Sie brachten Gefäße an, in denen Tigerspucke war. Liefen damit rum und sagten:

»Leute, hergehört! Frauen, ihr habt keine Milch? Reibt eure Brustwarzen mit dem Speichel ein, und RUMMS! schießt die Milch ein und ihr habt Riesenbrüste! Ihr Alten, euch fallen die Zähne aus? Ein Hauch aufs Zahnfleisch, und ZOMM, wachsen eure Zähne wie die reinsten Hauer! Habt ihr Furunkel, Warzen, Krätze, Geschwüre? Ein Tropfen und alles vergeht! Verschwindet wie nix!« Tatsache, dieser Balsam vollbrachte Wunder! War wirklich echte Tigerspucke und kein Trick dabei. Denkt euch, diese alten Medizinmänner waren so wagemutig, daß sie persönlich hingingen und sich den Speichel besorgten. Direkt aus dem Maul, wenn der Tiger gerade mal schlief, mit weit aufgerissenem Maul. SCHLBB! SCHLBB! *Rasche Geste des Einsammelns.* Und dann schnell verduften. Die meisten von diesen Männern erkannte man auf den ersten Blick, an ihrem kurzen Ärmchen. *Er zeigt einen Armstumpf.* Arbeitsunfall!

Also gut, war es Einbildung oder nicht, während sie leckte und saugte, spürte ich, wie mein Blut zu pulsieren begann, mein großer Zeh sich regte und mein Knie sich wieder bewegen ließ ... mein Knie bewegte sich wieder! Verdammt ich lebe! Ich war derart froh, daß ich während dem Stillen vor mich hin sang und pfiff. Statt zu saugen, hab ich ihr was geblasen. PFUM, PFUM, PFUM war der Luftballon voll! *Er macht die Geste, schnell Luft rauszulassen, bevor die Tigerin etwas merkt ...* Leer! Die Tigerin, sehr befriedigt *zufriedener Ausdruck der Tigerin,* schleckt mich einmal ab und trollt sich nach hinten. Wißt ihr, das Tigerchen sah immer sehr neugierig zu, wenn seine Mutter mich abschleckte. Als nun seine Mutter fertig war, kam es mit hängendem Züngelchen an, als wollte es sagen:

»Ich auch mal, ja?«

Die Tigerjungen sind wie Kinder, alles, was sie bei ihrer Mutter sehen, müssen sie nachmachen.

»Lecken willst du? Paß ja auf mit deinen scharfen Zähnchen, oder du zahlst. *Er zeigt ihm die Faust.* Wehe, du beißt mich!«

Es kam näher ... LBB LBB LBB und leckte mich mit seiner kleinen Zunge, daß es kitzelte, und dann plötzlich: SCHNAPP ein Biß! Und zwar beinah in meine Eier! WOMM! *Er zeigt, daß er zu einem Faustschlag ausholt.* Ein Schlag! GNAAA! Rast es von dannen. Wie eine wildgewordene Katze ging es die Wände hoch! Ein todeswütiger Steilwandfahrer!

Bei den Tigern mußt du dir Respekt verschaffen, von klein auf! Glaub mir, von da an war er immer wachsam, wenn er an mir vorbei mußte, zeigte mir nie seine ungeschützte Seite. Lief immer so. *Mit steifen Armen und Beinen, über Kreuz verschränkt, zeigt er, wie das Tigerchen quer vorbeischleicht, bemüht, Abstand zu halten und eventuelle Fausthiebe auf seine Hoden zu vermeiden.*

Also gut, die Tigerin schlief, das Tigerchen schlief, und auch ich bin eingeschlafen. Ich hab die Nacht gut geschlafen. Die erste Nacht ohne Schmerzen. Ich träumte, daß ich zu Hause war bei meiner Frau, daß ich tanzte, daß ich sang, bei meiner Mutter.

Wie ich morgens aufwache, sind weder Tiger noch Tigerchen da. Sie sind ausgegangen.

»Eine komische Familie ist das! Die sind auch nie zu Hause! Wer kümmert sich nun um mich? Die sind imstande und treiben sich eine Woche lang draußen rum!«

Ich wartete. Es wurde Nacht. Sie kamen nicht.

»Gehört sich das für eine Mutter? Sich nachts mit einem so kleinen Kind rumzutreiben! Was soll aus ihm werden, wenn es groß ist? Ein wildes Tier?!«

Tags drauf im Morgengrauen kamen sie heim. Im Morgengrauen! Als ob nichts gewesen wäre. Die Tigerin hatte irgendein totes Riesenvieh im Maul. Weiß Gott was, eine Mordsziege, vielleicht eine Kuh, Hörner hatte die! Kommt diese Tigerin rein und wirft das PFROMM hin. Das Tigerchen läuft an mir vorbei und macht: »GREERR!«, als wollte es sagen: »Hab ich gejagt!« *Er zeigt drohend die Faust und mimt die Reaktion des Tigerjungen: Es trollt sich angsterfüllt seitwärts.*

Gut. Zurück zum Ziegenbock. Die Tigerin zieht eine gräßliche Kralle aus ihrer Pfote. Macht sich behaglich an diese Ziege, die den Bauch in die Luft streckt. PFROMM ein tiefer Hieb mit der Tatze ... ZSCH schlitzt sie dem Vieh Bauch und Magen auf, reißt die Innereien heraus, alle Gedärme, Herz, Milz, Nieren, Leber ... BRON BRON hat sie alles fein säuberlich rausgekratzt! Und Tigerchen, TICK TACK TOCK springt mitten hinein! Die Tigerin ist wütend! *Zeigt, wie die Tigerin das Junge schnappt und durch die Luft wirft.* GRAAR! OJEH, die Tiger steigen mitten ins Essen rein; werden zu Bestien! Dann steckte die Tigerin ihren Kopf in die Bauchhöhle; auch das Tigerchen, es verschwand in der Ziege ... *Er gibt Eßgeräusche von sich* ... Ein Gekrache war das, daß dir das Trommelfell platzt!

Nach einer halben Stunde war alles aufgefressen. Alles! Knochen abgeknabbert. Übergelassen hatten sie nur das Hinterteil mit dem Schwanz, ein Bein, ein Knie und eine Pfote. Dreht sich die Tigerin um und macht:

»GRAARR!« als wollte sie fragen: »Hast du Hunger?«

Griff sich die Haxe und warf sie mir vor: »PROMM«, als wollte sie sagen: »Da, mach Mittag.« *Er macht eine abwehrende Geste.* Uffa ... Soll ich das essen?! Das steinharte Zeug? Meine Zähne sind nicht so scharf wie deine; siehst du, es ist zäh wie Leder! Und dann das viele Fett unterm Fell; lauter Fettknubbel. Es bräuchte ein paar Stunden auf dem Feuer, um es zu grillen! Feuer, zum Henker! Stimmt, Holz ist vorhanden. Das Hochwasser hat lauter Stämme und Wurzeln angeschwemmt. Ich raus, konnte ja schon laufen, wenn auch hinkend; ging raus vor die Höhle, wo die Klötze und Äste lagen, fing an, die besten Stücke reinzuziehen, dann ein paar Zweige, dann machte ich einen Holzstoß, dann holte ich trockenes Gras, dürre Blätter, dann hab ich zwei Hörner über Kreuz aufgestellt, und oben drauf, als Spießbraten die Haxe; und runde Steine hab ich mir gesucht, diese weißen Schwefelsteine, die Funken geben, wenn man sie aneinanderreibt. Hab auch zwei sehr schöne gefunden, sie gerieben und FFTT FFTT TACK *reibt mit schnellen Bewegungen die Steine aneinander* stieben die Funken ... Tiger fürchten Feuer, die Tigerin aus dem Hintergrund:

»GRAARR!« *Er richtet sich drohend auf wie die Tigerin.*

»Was gibt's denn? Hast du dein ekliges Fleisch gefressen, ja? Roh und blutig? Ich mag's lieber gebraten, verstanden? Hau doch ab, wenn's dir nicht paßt!« *Er zeigt, wie sich die Tigerin eingeschüchtert hinkauert.*

Den Weibern immer sofort zeigen, wer die Oberhand hat! Auch wenn sie wild sind! Also, ich setz mich hin mit meinen Steinen ... *Er schnuppert in der Luft.* Ein Feuer! Es wird stärker, Flammen züngeln: OUAAK! Das viele Fett beginnt zu brutzeln, wird flüssig und tropft ins Feuer; dichter schwarzer Rauch steigt auf, zieht bis hinten in die Höhle.

Als die Wolke die Tigerin einnebelt:

»HATSCHII!« *Ein Brüllen, das an Niesen erinnert.*

»Wenn euch der Qualm stört, raus! Und du ebenfalls, Tigerchen! *Er droht ihm mit der Faust. Mimt, wie das verängstigte Tigerjunge seitwärts rausschleicht.* Fort!«

Und ich brutzele und brate, ziehe und drehe am Spieß ... Ein beißender Geruch nach Wildbraten steigt auf.

»Herrjeh, hätt ich irgendwas zum Würzen, dieser Fleischgeruch!«

Oh ja, draußen hatte ich doch wilden Knoblauch gesehen. Ich raus vor die Grotte, sieh einmal da ... Ich reiße ein schönes Bündel wilden Knoblauch aus. TUM ... Seh auch etwas Grünes sprießen, ziehe:

»Eine wilde Zwiebel!«

Find auch noch kleine scharfe Peperonis. Ich ergreife einen Knochensplitter, schneide Kerben in die Keule und spick sie mit Knoblauchzehen, den Zwiebeln und Peperonis. Dann suche ich Salz, denn manchmal gibt's in den Grotten Steinsalz. Ich finde Salpeter.

»Das ist brauchbar, obwohl Salpeter etwas bitter schmeckt. Hat außerdem den Nachteil, daß er vielleicht explodiert auf dem Feuer. Macht nichts, ich paß schon auf.«

Stopfe also ein paar Stücken Salpeter in die Kerben. Kurz drauf gibt's tatsächlich Stichflammen: PFUM! PFAMM! PFIMM! Die Tigerin:

»GRAARR!« *Er spielt die Tigerin, die erschrickt.*

»Das ist Männersache! Hau ab, raus aus der Küche!«

Drehe und drehe weiter ... der Rauch klärt sich, und ein Duft steigt auf, mein Lieber! Nach einer Stunde wurde der Duft immer köstlicher.

»MHMM, wie guut!«

SCHAMM: Schneide ich eine Scheibe Fleisch ab. *Mimt, daß er kostet. Er schmatzt.*

»Ist das lecker!«

Sowas hatte ich schon jahrelang nicht mehr gegessen. Wie das schmeckte. Zart und mild. Ah sieh da! Das Tigerchen war reingekommen, saß da und leckte sich seinen Schnurrbart.

»Magst du auch mal probieren? Von so etwas wird dir doch übel! Du willst was davon? Da schnapp: *Er spielt schnell Abschneiden und Werfen eine Stückes, das der Tiger sofort verschlingt.* Hopp.«

Es kostet, schluckt und macht dann:

»GREERR!«

»Gut? Das schmeckt dir? Du Liederjan! Da hast du was, hoppla.«

Er mimt wieder Abschneiden, Hinwerfen und das Schmatzen des Tigers.

»EHAA ... GLOP ... KL ... OEE ... GLOO ... OEH GREERR!«

»Bitte bitte, ja, hab ich gekocht. Du willst noch mehr? Paß auf, wenn deine Mama rauskriegt, daß du so ein Zeug frißt!«

Ich schneid mir noch ein feines Filetstück ab:

»Das ist meins. Den Rest schaff ich nicht, was übrig bleibt, ist für dich, du kriegst das ganze Bein.« *Er spielt, wie er dem Tigerchen das Ziegenbein zuwirft.*

PLUMM flog es ihm ins Gesicht, fiel auf die Erde. Tigerchen hob es auf und lief damit wie besoffen umher. Die Mutter kommt wieder rein: Eine wilde Szene!

»GRAARR, warum frißt du diese Schweinerei, angebranntes Fleisch? Komm her damit, GRAARRAARR.«

»OOHHOOOOCH.«

Der Mutter bleibt ein Stück Fleisch im Maul hängen, sie schluckt es runter, es schmeckt ihr.

»GRAARR!« Macht die Mutter.

»GREERR« antwortet das Tigerchen. *Er spielt Mutter und Sohn, die sich um das Fleisch raufen.* Ein Gezanke!

»PROEMM ... SCHOOMM ... GRAARRMM ...«

Der Knochen: blitzblank! Und dann dreht die Tigerin sich zu mir und macht:

»GRAARR, gibt's noch mehr davon?«

»Oheh! Das ist meins!« *Er zeigt auf das Stück, das er sich vorher abgeschnitten hat.*

Während ich aß, kam die Tigerin zu mir an ... ich dachte, sie wäre auf meinen Braten aus, aber sie kam, um mich zu lecken, um meine Wunde zu versorgen. So eine brave Person! Hat mich geleckt, ging wieder an ihren Platz, streckte sich aus. Ihr Kind schlief schon, ich schlief dann auch ein.

Morgens, wie ich aufwache, sind die Tiger schon weg. Das ist schon zur Gewohnheit geworden. Ich warte den ganzen Tag, sie kommen nicht heim, auch abends nicht. Und ich nervös! Tags drauf kommt wieder niemand!

»Und wer leckt mich? Wer versorgt mich? Lassen die mich einfach zu Hause sitzen!«

Drei Tage später stehn sie da.

»Denen werd ich Bescheid sagen!«

Statt dessen bin ich sprachlos, glotze: Diesmal schleppt die Tigerin ein ganzes Vieh an! Doppelt so groß wie das letztemal. Was war das? Vielleicht ein wilder Bison? Auch das Tigerchen half mit tragen. Sie kamen langsam voran, die zwei ... BLUMM, krumm und schief; taumelten vor Erschöpfung ... PROOM ... bis sie bei mir angelangt sind. PHOAAHHAAMM ... *Er spielt, wie die Tiger das erlegte Tier abladen.* Die Tigerin macht:

»HÖHÖ ... HÖHÖ.« *Imitiert das Keuchen der Tigerin.* Und dann: »GRAARR«, was heißen sollte: »In die Küche!« *Er bedeckt sich, verzweifelt, das Gesicht mit den Händen.* Tiger soll man nie verwöhnen.

»Entschuldige mal, aber das ist ein Mißverständnis. Soll ich mich etwa hier abrackern, in der Küche hin und her flitzen, derweil du spazierengehst, heh? Wer bin ich denn? Seit wann bin ich hier die Hausfrau?« *Er spielt die Tigerin, die sich aufrichtet und in Angriffsposition geht.*

»GRAARROORRAARR!«

»Haalt! OHO, OHO, OHO! Du bist nicht einverstanden? Dann laß uns drüber reden! Ein bißchen mehr Dialektik! In Ordnung, OHOH ... Nimms nicht so tragisch! Also gut, ich mach den Koch, ich koche. Aber ihr holt das Holz.«

»GRAARR?« *Er zeigt, daß sich die Tigerin dumm stellt.*

»Spiel nicht die Dumme! Weißt du, was Holz ist?

Schau mal, komm mit raus, das da ist Holz, das sind Holzscheite. Du trägst sofort alles rein!«

Sie hatte genau kapiert: Fing sofort an, Holz zu sammeln, brachte, was sie fand, lief immer rein und raus, daß die Höhle nach einer Stunde halbvoll war.

»Und du, Tigerchen, machst dir ein schönes Leben, was? Die Hände in der Tasche?« *Ans Publikum gewendet.* Der Kleine hatte die Hände in die Hosentasche gesteckt! Hatte die Finger von seinen Tatzen abgeknickt, über zwei schwarzen Streifen, und hielt sie hier *er legt seine Hände auf die Hüften,* damit ich glauben sollte, sie stecken im Hosensack! »Vorwärts! Schaff was! Ich sag dir schon, was du tun sollst: Zwiebeln, wilden Knoblauch, wilde Peperoni, alles naturrein.«

»GREERR?«

»Du verstehst nicht? Dann bring ich's dir bei: Siehst du, das ist eine Zwiebel, das da eine Paprika.«

Der Ärmste, er lief hin und her, das Maul immer voll mit Knoblauch, Paprika und Zwiebeln ... Haha ... schon nach zwei drei Tagen konnte man nicht mehr in seine Nähe, so stank er aus dem Maul! Und ich den ganzen Tag am Feuer, am Schmoren, daß ich bald in die Luft ging ... beide Knie völlig geröstet, die Eier verdorrt. Mein Gesicht war versengt, die Augen tränten, die Haare angebrannt. Vorne verbrannt, hinten eiskalt! Ich konnte doch nicht mit den Arschbacken kochen! So ein Hundeleben! Und die beiden fraßen, pißten kurz und kamen wieder, um zu schlafen. Ist das ein Leben, frage ich euch?

Eines Nachts, als mein Körper überall brannte und juckte, hab ich mir gesagt:

»Schluß jetzt! Ich mach mich aus dem Staub.«

Während die beiden pennten, zum Platzen voll, denn ich hatte sie absichtlich besoffen gemacht, schlich ich auf allen Vieren zum Ausgang, bin schon beinah draußen, da steht das Tigerchen auf und brüllt:

»Mama, er haut ab!«

»Tigerpetze! Wart nur, eines Tages schnapp ich mir

deine Eier, dünste sie in brauner Soße und geb sie deiner Mama mit Rosmarin gewürzt!«

Es regnet! Plötzlich beginnt es zu regnen, ein Unwetter aus heiterem Himmel. Mir fiel ein, daß Tiger sich schrecklich vor Wasser fürchten. Da war ich mit einem Satz aus der Höhle und fing an, die Böschung zum Fluß bergab zu rennen ... warf mich ins Wasser und schwamm los, und wie ich so schwimme, da kommen die Tiger raus:

»GRAAEERR!«

Und ich:

»GRAARREERR!« *Er verwandelt die Schwimmbewegung in die klassische skurrile Geste: ›Ich hab dich aufs Kreuz gelegt.‹ D. h., er schlägt mit der rechten Faust in die Biege des leicht angewinkelten linken Arms, so daß die linke Faust schultereinwärts schnellt.*

Ich kam ans andere Ufer und fing an zu laufen. Lief tage- und wochenlang, einen Monat, zwei Monate ... wer weiß, wie lange. Und sah nie eine Hütte, fand nie ein Dorf, war immer im Wald. Eines Morgens schließlich komme ich auf einen Hügel und schau hinunter in ein Tal, das sich unten ausdehnt. Ich sehe Felder und Häuser unten, einen Ort ... ein Dorf! Einen Platz voller Frauen, Kinder und Männer!

»HÖH ... Leute!«

Ich lief runter, stolperte.

»Ich bin gerettet, Leute, ich bin ein Soldat von der Vierten Armee, ich bin's!«

Wie sie mich kommen sehen:

»Der Tod! Ein Gespenst!«

Und flüchten in ihre Hütten, ihre Häuser. Verrammeln die Türen mit Stangen und Ketten.

»Was ist ... ein Gespenst, der Tod ... wieso denn? Nein Leute ...«

Und ich sehe mein Spiegelbild in einer Fensterscheibe. Bin ich erschrocken. Meine Haare stehen ab, sind weiß, mein Gesicht verrußt, rot und schwarz, und Augen wie glühende Kohlen! Wirklich, ich sah aus wie der Tod! Ich lief zu einem Brunnen, sprang hinein ... wasche mich, scheuere mich überall mit Sand. Als ich rausstieg, war ich endlich sauber.

»Kommt raus, Leute! Faßt mich an ... ich bin ein richtiger Mensch, mein Fleisch und Blut sind warm! Kommt, kommt her und berührt mich ... ich bin nicht der Tod.«

Sie kamen hervor, ein bißchen ängstlich. Einige Männer, ein paar Frauen, ein paar Kinder faßten mich an ... und während sie mich abtasteten, erzählte ich die ganze Geschichte von vorne: *Epilog von vorne, in schnell gesprochenem Halbgramelot.*

»Ich bin ein Soldat von der Vierten Armee, runtergekommen von der Mandschurei. Wie sie am Himalaya auf mich geschossen haben und mein Bein erwischt haben, mein erstes und zweites Ei gestreift, ein drittes wäre zerquetscht worden ... dann drei Tage Wundfieber ... der setzt mir eine enorme Pistole hierin: ›Danke, beim nächstenmal gerne.‹ PROMM, ich bin eingeschlafen, PROMM, es regnet und Wasser, lauter Wasser, PROMM, ich bin in einer Höhle, da kommt die Tigerin ... Tigerchen abgesoffen ... Die kam mir immer näher, meine Haare sträuben sich ... eine Kratzbürste! Zitzerei, und ich sauge und sauge, danke für die Kostprobe, sie dreht sich hier, ich nuckle und nuckle ... kommt der andere: GREERR. Faustschlag in die Eier ... und das nächstemal PROMM ein Riesenvieh, und ich schmore und brutzele, vorn glühendheiß, hinten eiskalt! DSCHUMM! Mama, er haut ab! Ich schnapp mir deine Eier! GRAARR und ich verdufte!«

Ich erzählte meine Geschichte und währenddessen schauten die Leute sich an, schnitten Grimassen und murmelten:

»Der Ärmste, das ist ihm auf den Geist geschlagen ... der muß einen Schock haben, ist durchgedreht, der arme Kerl.«

Darauf ich:

»Ihr glaubt mir nicht?«

»Doch, doch, warum nicht? Bei Tigern säugen ist stinknormal. Das macht jeder! Hier gibt's Leute, die eine Tigerin aufgezogen hat, wie eine Amme. Wenn du sie fragst, wo sie hingehen: »Zur Tigerin, trinken.« Und erst gebratenes Fleisch ... MMH! Das schmeckt! Die sind richtig gierig auf Braten, die Tiger! Bei uns gibt's einen Mittagstisch, extra für Tiger ... Einmal die Woche kommen sie runter, bloß, um mit uns zu tafeln.« *Pause. Schaut sich verblüfft um.*

Ich hatte das Gefühl, sie wollten mich verarschen.

In dem Moment hört man plötzlich ein Tigergeschrei: GRAARRGRAARR ... Ein Gebrüll. Auf der Bergkuppe sind die Umrisse von zwei Tigern erschienen. Die Tigerin und das Tigerchen. Tigerchen war so groß geworden wie die Tigerin. Monate waren vergangen ... denkt nur, nach so langer Zeit haben die mich wiedergefunden! Der Gestank, den ich unterwegs verbreitet haben muß!

»GRAARRAARR.«

Die Leute vom Dorf fingen alle vor Entsetzen an zu schreien: »Hilfe! Die Tiger!«

Rannten fort in ihre Häuser und verriegelten die Türen mit Ketten.

»Halt, nicht weglaufen! Das sind meine Freunde, die, von denen ich euch erzählt habe. Das Tigerchen mit der Tigerin, die mich gesäugt hat. Kommt raus, habt keine Angst.«

Die zwei kamen den Hügel runter. Wie sie noch zehn Meter entfernt sind, fing die Tigermutter an, mir Vorwürfe zu machen. Eine Szene!

»GRAARR, du Undankbarer, wo ich soviel für dich getan hab, sogar geleckt hab ich dich GROOAARR und dir das Leben gerettet! GRAARR, wie mein Fleisch und Blut hab ich dich behandelt, besser als meinen eigenen Sohn GRAARR und du hast mich da oben sitzen lassen GROOAARR und dann hast du uns beigebracht, gebratenes

Fleisch zu fressen, und deshalb wird uns jetzt jedesmal GROOAARR wenn wir rohes Fleisch fressen, kotzübel ... wir kriegen die Scheißerei, daß es uns wochenlang schlecht geht GROOAARRAARR!«

Und ich zurück: *Antwortet im gleichen Tonfall, unterbrochen von Brülltönen.*

»GRAARR wieso, was wollt ihr eigentlich? Ich hab dich doch genauso gerettet, wenn ich nicht bei dir getrunken hätte, wärst du geplatzt, oder, und was war, wie ich dann gebraten habe, daß mir beinah die Eier geplatzt sind, heh? GRAARR. Du sei ja artig, auch wenn du groß geworden bist ...« *Er zeigt dem Tigerchen die Faust.*

Aber schließlich und endlich, ihr wißt schon, wenn eine Familie sich mag – haben wir uns wieder vertragen. Ich hab sie erst unterm Kinn gekrault ... die Tigerin hat mich einmal abgeschleckt ... Tigerchen verpaßte mir einen lockeren Tatzenhieb ... und ich ihm einen Klaps, so ... hab die Mutter ein wenig am Schwanz gezogen ... ihr ans Gesäuge geklatscht, was sie gern mag, Tigerchen einmal in die Eier getreten, damit es zufrieden war. *An die Leute gewendet, die sich in ihren Häusern eingeschlossen haben:*

»Kommt heraus, wir haben Frieden geschlossen, keine Angst, keine Angst!« *Zu den Tigern:*

»Du versteck deine Zähne, so, damit sie nicht erschrecken! *Er zieht die Lippen vollständig über die Zähne.* Nicht sehen lassen. Zieh deine Krallen in die Tatzen ein, versteck sie unter den Achseln ... lauf auf den Ellenbogen, so.« *Er macht es vor.* Die Leute kommen langsam raus. Streicheln vorsichtig über die Tigerköpfe, erst den einen: »Huh wie schön!« GUGGUGU, dann den andern ... DIDIDADA und PFLUMM! Ein endloses Gelecke und Gekraule, Kopfnüsse, auch für Tigerchen. Dann sind ein paar Kinder, vier Stück, der Tigerin auf den Buckel geklettert. Zu viert sind sie rauf. Sie spielten miteinander! PLOMM PLOMM PLOMM, sie trabte los, wie ein Pferdchen. Dann legt sie sich der Länge nach hin.

Vier andere Kinder, die hatten den Schwanz vom Tigerchen gepackt und zerrten und zogen. *Er spielt das Tigerchen; es wird rückwärts gezogen und versucht, sich zu wehren, indem es sich am Boden festkrallt.*

»GREERR.«

Und ich lief hinterher *er zeigt die Faust,* immer ganz Auge. Denn Tiger sind sehr vergeßlich.

Sie begannen zu spielen, wälzten sich umher wie die Flegel. Das hättet ihr sehen sollen! Sie spielten den ganzen Tag mit den Frauen und Kindern, mit Hunden und Katzen. Von denen sind einige verschwunden, aber das hat niemand gemerkt, weil's soviel davon gab! Eines Tages, als sie so herumbalgten, erscholl die Stimme eines Bauern. Ein Alter kam schreiend den Berg heruntergerannt:

»Hilfe, Leute helft uns, die weißen Banditen haben unser Dorf überfallen! Sie bringen unsere Pferde und Kühe um. Schleppen unsere Schweine fort ... sie verschleppen sogar unsere Frauen. Kommt und helft uns, holt eure Gewehre, Genossen.«

Die Leute sagten:

»Wir haben doch keine Gewehre!«

»Aber die Tiger haben wir!« sagte ich.

Wir nehmen die Tiger ... BLIMM BLUMM BLOMM BLAMM BLAMM BLAM ... marschieren den Hügel rauf, auf der anderen Seite vom Berg wieder runter. Sahen die Soldaten von Chian Kaishek herumballern, Leute abknallen, plündern.

»Die Tiger!«

»GRAARRAARR.«

Kaum haben die Soldaten von Chian Kaishek die beiden Bestien gesehn und gehört, da platzen ihre Hosengürtel, die Hosen schlottern ihnen um die Knie, sie kacken sich die Schuhe voll ... und flüchten wie die Hasen!

Von dem Tag an kamen sie immer und holten uns, jedesmal, wenn die Leute von Chian Kaishek in einem Dorf in der Gegend auftauchten:

»Die Tiger!«

Und wir hin, so daß wir manchmal gleichzeitig an verschiedenen Orten waren, einer hier, einer da. Von überall wurden wir gerufen. Sie mußten sich schon eine Woche im voraus vormerken lassen. Einmal meldeten sich auf einen Schlag zwölf Dörfer ... unmöglich!

»Wir haben bloß zwei Tiger, wir können nicht überall sein, was tun?«

»Fälschen! Wir machen falsche Tiger!« sag ich.

»Was heißt falsche?«

»Ganz einfach, nach unserem Modell. Es werden große Köpfe aus Pappmaché gemacht, ein Brei aus Leim und Papier. Also Papiermasken, worein wir Löcher für die Augen machen, die gleichen Augen wie von Tigerin und Tigerchen. Der Unterkiefer wird beweglich, da schlüpft einer mit dem Kopf drunter, so, und macht: QUAK QUAK QUAK ... indem er die Arme bewegt. Ein zweiter Mann hält sich am ersten fest, und der dritte macht hinten mit seinem Arm den Schwanz, so. Zum Schluß kommt über das Ganze eine schöne gelbe Decke. Eine leuchtend gelbe Decke mit schwarzen Streifen. Schon um die Füße zu verdecken, denn sechs Beine für einen einzigen Tiger sind etwas zuviel. Dann muß gebrüllt werden. Zuerst müßt ihr lernen, das Gebrüll nachzuahmen. *Tut so, als würde er die Leute zählen.* Das reicht. Die auf dieser Seite stehen, machen die Tiger nach. So, ihr da geht in die Schule, und die Tiger sind eure Lehrmeister. Vorwärts, laßt mal hören, wie gut ihr brüllt!«

»GROARR.« So, mach du mal nach. *Er wendet sich an einen Schüler.*

»GRAARR.«

»Nochmal.«

»GREAARR.«

»Lauter. Hört dem Tigerchen zu!«

»GREEAARREEAARR.«

»Von vorn.«

»GREEAARREEAARR.«

»Nochmal. Viel lauter!«

»GREEAARREEAARREEAARR.«

»Im Chor!« *Er fängt an zu dirigieren, wie ein bedeutender Dirigent.*

»GREEAARREEAARREEAARR.«

Ein derartiger Lärm war im Dorf, daß einen alten Mann, ein Fremder, der hinter der Mauer vorbeikam *er zeigt jemand, der zu einer Statue erstarrt,* der Schlag getroffen hat. Wie gut, daß wir diesen Tigerunterricht gemacht haben!

Als dann die Soldaten von Chian Kaishek wiederkamen:

»Die Tiger!«

»GROOAAEERR!«

Die sind gelaufen bis ans Meer hin. Sieg! Daraufhin ist ein hoher Parteifunktionär gekommen, hat Beifall geklatscht und gesagt: »Bravo, gut gemacht! Diese Erfindung mit dem Tiger ist großartig. Das Volk hat eine Erfindungs- und Vorstellungskraft, eine Phantasie, wie sonst kein anderer auf der Welt. Bravo! Gut gemacht! Aber jetzt ist Schluß, ihr könnt die Tiger nicht mehr bei euch behalten, ihr müßt sie in den Wald zurückschicken, wo sie hergekommen sind.«

»Weshalb? Wir verstehen uns gut mit unsern Tigern, wir sind Freunde, ihnen geht's gut, sie beschützen uns, es gibt keinen Grund ...«

»Nein, die Tiger sind anarchoide Wesen, haben keinen Sinn für Dialektik, wir dürfen sie keine Rolle in der Partei spielen lassen, und wenn sie nicht in der Partei sein können, dann können sie auch nicht in der Basis sein. Sie haben keine Dialektik. Folgt der Partei. Bringt die Tiger in den Wald zurück.«

Und wir haben geantwortet:

»Jawohl, wir schicken sie in den Wald.«

Aber wir haben der Partei nicht gehorcht, statt dessen haben wir sie in die Hühnerställe gesteckt: Die Hühner raus, die Tiger rein. Die Tiger auf der Hühnerstange, so.

Er spielt die Tiger, die schaukeln. Als der Parteifunktionär wiederkam, da hatten wir unsern Tigern Unterricht gegeben. Die Tiger machten:

»KIIKERIKIII!« *Er imitiert Hahnenschrei.*

Der Parteibürokrat besah sich die Sache verblüfft, meinte:

»Tigerhahn«, und ging fort.

Wir hatten die Tiger zum Glück behalten, denn nach einer Weile kamen die Japaner an. Zu Tausenden kamen sie von der Mandschurei herunter, lauter kleine böse krummbeinige Japaner mit Hängeärschen, großen Säbeln und mordslangen Gewehren. Eine weiße Fahne mit einem roten Ball drauf war an ihren Gewehren, eine zweite Fahne am Helm und eine im Arsch, mit einem roten Ball und den Strahlen der aufgehenden Sonne!

Aber wir standen bereit mit unseren Tigern!

»GROORRAARR!«

Weg war die Fahne am Gewehr, weg die Fahne am Hut! Übrig blieb nur die am Arsch. FIUNN TSCHIUM liefen sie fort, nahmen reißaus wie ein Schwarm Libellen!

Ein neuer Parteifunktionär kam und sprach:

»Bravo, es war richtig, daß ihr damals diesem Parteifunktionär nicht gehorcht habt, der im übrigen ein Revisionist und Konterrevolutionär war. Gut gemacht! Man muß immer Tiger parat haben, wenn der Feind kommt. Aber von jetzt an ist das überflüssig. Der Feind ist geflohen ... also schickt die Tiger sofort in den Wald!«

»Was, nochmal?«

»Folgt der Partei!«

»Wegen der Dialektik?«

»Gewiß!«

»Einverstanden, das langt!« Wir haben sie weiter im Hühnerstall gehalten. Zum Glück, denn die Soldaten von Chian Kaishek kamen abermals, mit amerikanischen Waffen, Kanonen und Panzern. Sie rückten vor. Und wir zitterten. Diesmal sind sie zu viele ...

»Die Tiger!!!«

»GRROORRAARR!!!«

Und los ging die Flucht wie der Wind! Bis über's Meer jagten wir sie. Nun war weit und breit kein Feind mehr in Sicht. Da sind dann sämtliche Parteifunktionäre gekommen. Hielten wehende Fahnen in den Händen ... und klatschten Beifall! Die von der Partei und die von der Armee. Die höheren Verbindungsfunktionäre der mittleren Ebene. Die höheren der oberen mittleren Zentrale. Alle applaudierten und riefen:

»Bravo! Bravo! Gut gemacht! Gut, daß ihr nicht gehorcht habt: Der Tiger muß immer beim Volk bleiben, denn er ist Teil des Volkes, Erfindung des Volkes, die Tiger werden dem Volk für immer gehören, immer bei ihm sein ... im Museum. Nein, im Zoo!«

»Aber wieso, im Zoo?«

»Keine Widerrede! Sie werden nicht mehr gebraucht. Wir brauchen den Tiger nicht mehr, weil wir keine Feinde mehr haben. Es gibt nur noch das Volk, die Partei und die Armee. Die Partei, die Armee und das Volk sind eins. Es gibt natürlich eine Führungsspitze denn wo keine Führung ist da gibt es keinen Kopf und wo es keinen Kopf gibt da fehlt auch jene Dimension einer ausdrucksfähigen Dialektik die der Leitung ermöglicht die selbstverständlich von der Führungsspitze ausgeht sich dann jedoch im Volk an der Basis entwickelt welche aufnimmt und diskutiert was die Spitze an Anweisungen vorschlägt nicht als Übergewicht von Macht sondern als eine Art determiniertes unverändertes Gleichgewicht damit sie angewandt werden in einer aktiven horizontalen aber ebenso vertikalen Koordinierung der besagten Maßnahmen eingegliedert in die Positionen der These die sich dann von unten aus entwickeln um nach oben zurückzufließen jedoch von oben nach unten in einer positiven wechselseitigen und demokratischen Beziehung ...«

»Die TIIIIIIIGER.« *Er spielt eine heftige Attacke gegen die Funktionäre.*

»GRROORRAARREERROORRAARREERROORR!!!«

Das erste Wunder vom Jesuskind

Vorrede

Der zweite Teil unserer Aufführung ist den apokryphen Evangelien gewidmet. Apokryphe Evangelien, das sind all die Geschichten, die sich mit dem Leben Jesu und der Apostel beschäftigen; sie bildeten im zweiten und dritten Jahrhundert die Grundlage der gesamten frühchristlichen Literatur. Einige hundert waren bekannt. Jeder, der irgendwie mit der kirchlichen Lehre zu tun hatte, beeilte sich sozusagen, ein eigenes Evangelium vorzulegen. Folglich gibt es Evangelien von allen möglichen Verfassern: Das reicht vom Apostel Philipp bis zu einem gewissen Ruprecht, den die Christen selbst auf den Scheiterhaufen warfen. Lest das von Ruprecht aufmerksam, falls es euch in die Hände fallen sollte. Es beschreibt einen Jesus Christus, der durch die Gegend fliegt wie Superman, der verschwindet und wieder erscheint, sich in eine Schlange, einen Löwen, ein Pferd verwandelt. Andere apokryphe Evangelien erzählen ziemlich glaubwürdige Geschichten. Aber diesmal wollen wir uns mit denjenigen apokryphen Evangelien beschäftigen, die man Protevangelium nennt. »Proto« heißt »davor«, oder »vorher«, will sagen vor dem Neuen Testament. Sie berichten über Kindheit und Jugend von Jesus Christus, von der Flucht aus Ägypten, bis zu dem Augenblick, wo er aus der Wüste kommt. Über diesen Zeitraum, er umfaßt ungefähr 20 Jahre seines Lebens, wird nämlich in den vier offiziellen Evangelien nichts gesagt. Jesus verschwindet an einem bestimmten Punkt, noch als Kind, und taucht erst als Erwachsener wieder auf, als er zu predigen beginnt. Unser »apokryphes Evangelium« heißt »Prot Matthäus«. Aus ihm stammt das Stück, das heute aufgeführt wird.

Dieser Text, der wenig bekannt ist, erzählt von der Ankunft der Heiligen Drei Könige, die dem Kometen folgen, und schließlich nach einem Besuch bei König Herodes im Stall eintreffen. Bevor ich euch jedoch von der Ankunft der Heiligen Drei Könige berichte, vom bethlehemitischen Kindermord, von der Flucht nach Ägypten und dem ersten Wunder, das Jesus als Kind vollbrachte, muß ich erst etwas über Albino erzählen, über den vorletzten Papst, Luciani Albino.* Von meinen zärtlichen Gefühlen für diesen treuherzigen, beinah einfältigen Menschen. Wie hat mich seine entwaffnende Art, sich zu geben, berührt. Glaubt mir! Ich meine, so einen Papst hat es in der gesamten Kirchengeschichte noch nie gegeben. Mal abgesehen von seinem bettelnden Lächeln ... Ich hoffe doch, ihr erinnert euch an dieses Lächeln. Es fing an, wie er sich auf dem Balkon von Sankt Peter präsentierte. Dieses joviale Lächeln kann niemand nachmachen; die Leute kreischten vor Glück.«

»Haha, endlich mal ein sympathischer Papst!«

Denn vor ihm war dieses schreckliche *der Schauspieler reibt sich die Hände und schaut grimmig umher* Paulchen** dran, das nie ein Lächeln zustande brachte. Sogar wenn er Trostpredigten hielt, voller Freude und Hoffnung, die aus seinem Herzen, aus seiner Seele hervorströmten, gelang es ihm nicht, seine Maske verzweifelter Melancholie abzulegen. *Grimmiger Ausdruck wie vorher. Anschließend spricht er mit leicht näselnder, gegen Schluß leiernder Stimme. Er ahmt grotesk die Sprechweise von Papst Paul VI. nach.*

»Heueueute ... kann ich euch saaagen, meine Brüüüder ... ist der Tag daa, an dem die Seeligkeit über uns schwebt und aus unseren Herzen hervooorbriiicht ... *Am Ende jedes Absatzes nimmt er eine Haltung äußerster Traurigkeit ein; beinahe weinend.* Es ist der Tag des

---

* Johannes Paul I

** Papst Paul VI

Herrn. Der Herr ist geboren und auferstanden, ist auferstanden und ruft in allen Menschen unendliche Freude hervor, die seit jeher auf die Zeit des Freudengesanges warten ... Halleluja« *wie oben.*

Er konnte nicht lachen! Ganz im Gegensatz zu Luciani, der uns mit seinen großartigen Gleichnissen und Geschichten wahnsinnig machte. Nicht mit biblischen Geschichten, nein, mit Märchen! »PINOCCHIO!« Wißt Ihr noch? Dieser Papst belehrte uns mit Erzählungen über Pinocchio. Geschickt brachte er uns den Wert der Seele und des Transzendentalen näher, mit der guten Fee, der Grille, Gepetto, den Katzen ... Und dann die Geschichte mit dem Motor! Erinnert ihr euch? Als er dieses Gleichnis erzählte ... Ich merke schon, ihr habt all seine Gleichnisse vergessen. Das mit dem Motor! Allegorischer Vergleich zwischen Motor und Seele, ein Motor, der nicht funktionieren kann, denn die Seele ist ... abgesoffen. Ach, ich muß ihn euch vorstellen, seines Aussehens wegen.

Ich sah ihn zum erstenmal im Fernsehen, als die Papstwahl übertragen wurde. Vier Stunden hatte ich dagesessen und gewartet, und dann endlich habe auch ich die Arme erhoben. Ich sah den großen Balkon, der an der imposanten, von Fenstern durchlöcherten Mauer hängt, Sankt Peter, das große Gemäuer aus dem 16. Jahrhundert, die riesige Menschenmenge. Das erhabene Kardinals-Duo, Ottaviani und Benelli, zeigt sich. Teufel, ist das ein Pärchen! Die einzige intakte Zweierbeziehung ... Benelli macht Handzeichen: Ruhe! Und sagt auf lateinisch:

»Luciani Albino ... Albinus etc. ...«

»Wie bitte? Was für ein Name? Wer könnte das sein? Hab ich noch nie gehört, wer ist das?« frage ich.

Den hatte noch nie jemand gesehen. Sie hatten ihn versteckt, bevor sie ihn zum Papst machten. Und endlich kommt er, ist er da. Zuerst taucht ein weißes Pünktchen auf, ein Käppchen, es wächst und wächst, dann kommt ein Backpfeifengesicht, so *er zeigt Haare quer über die Stirn* zwei runde, lebhafte Äuglein und ein Lächeln … Sein Lächeln! *Er zeigt ein lautloses Lachen mit weit geöffnetem Mund, Typ Clownslache. Er dreht sich nach links, tut so, als schaue er nach unten, unterdrückt mühsam ein Lachen, als ob er sich wundere, da unten so viele Leute zu erblicken, die ihn erwarten. Wiederholt die gleiche Pantomime nach rechts hin. Will etwas sagen, was ihm mißlingt, vor Rührung und Verwirrung. Versucht noch einmal, seinen Lachdrang zu unterdrücken, bemüht sich um Haltung. Dreht sich nach hinten, um sein Lachen zu verbergen, faßt sich und seufzt tief einatmend:*

»Oh Sankta!«

Beißt sich auf die Lippen, verdreht die Augen, ist immer kurz davor, in ein stummes Gelächter auszubrechen. Scheint mit Handzeichen anzudeuten: »Ihr ahnt ja nicht, wie amüsant ich finde, was mir passiert ist!« Versucht dann, mit derselben Hand die Menge zu beruhigen, als wollte er sagen: »Augenblick, sonst mach ich in die Hose!« Zwingt sich, ernst zu werden, was mißlingt, er krümmt sich vor Lachen, lacht aus vollem Hals. Deutet mit der Rechten das Segenszeichen an, das sich in eine herzliche, familiäre Geste verwandelt, als wolle er sagen: »Schert euch zum Teufel!« Schließlich fängt er sich, wenn auch mühsam, läßt nur ab und zu ein Lachen zwischen den Zähnen heraus, beginnt mit hoher Stimme und starkem Akzent zu sprechen:

»Heute …« *Bricht erneut in Lachen aus und wiederholt die Geste »Ihr ahnt nicht, was passiert ist!«*

»Oh Sankta!« *Fängt erneut an zu lachen, diesmal atemlos. Stampft mit den Beinen um zu widerstehen, scheint zu sagen: »Ich schaffe es nicht.»*

»Heute …« *Holt tief Luft.*

»Im Konklave …« *Lacht, wendet sich ans Publikum, als bäte er um Hilfe.*

»Im Konklave! In … der … Versammlung wo … der

Papst ... gewählt wird ...« *Spricht den Satz mit unterdrücktem Lachen. Man versteht ihn kaum, weil er die Vokale verschluckt. Begleitet seine Rede mit Handbewegungen in Gesichtshöhe. Nachdem er Atem geschöpft hat, redet er schnell, immer mit Kopfstimme, um dem Lachen zuvorzukommen.*

»Da wurde gewählt und gewählt ...« *Lacht kurz auf und fügt schnell hinzu:*

»Und jedesmal kam ein neuer Name zum Vorschein!« *Zischt wie ein Luftballon, der zusammenschrumpft. Immer Kopfstimme.*

»Jeder hat sich selbst gewählt ...« *Lacht, ringt nach Fassung, was er sagen will, läßt ihn jedoch wieder in lautloses Gelächter ausbrechen. Schnell weiter mit Kopfstimme:*

»Zweihundertundsiebzig Päpste ...« *Lacht.* »Heilige Pappekiste!«

»Oh Sankta ... Und der Rauch?« *Lachen.*

»Der Rauch ist weiß ...«

»Nein! Schwarzer, schwarzer Rauch.« *Stummes Lachen.* »Werft was hinein, damit er schwarz wird! Um ein Haar hätten sie einen ins Feuer geworfen, den Erzbischof von Senegal!« *Der Lachdrang wird schwächer, er spricht abgehackt.*

»Ich lache, weil ... also die Stimmung war großartig, hahahaha ...« *Diesmal lacht er schnell, stoßweise. Weiter mit Kopfstimme, abgehackte Sprechweise, um Lachen zu unterdrücken.*

»Bis einer aufsteht, ein Kollege, der Kardinal Poma, so ein Aas! Und spricht: ›Das dauert mir zulange, ich hab zu tun draußen, vier Tage sind wirklich lang genug, Schluß jetzt, wir müssen uns auf einen einigen!‹« *Bricht in Lachen aus, wird atemlos, spricht abgehackt weiter.*

»So eine Blamage, meint ein anderer Kardinal ...«, *lacht, reißt sich zusammen und fährt fort:*

»Und wenn wir Albino nehmen würden? ... PRUUUST ...« *Langes, prustendes Gelächter.*

»Das haut sie um, und der Kardinalbischof von Formosa, er lag da auf seinem Bettchen, war ein bißchen kränklich, hört das und lacht sich tot! Und POFF! War's mit ihm aus. Gestorben, an einem heiligen Gelächter!!« *Weiter mit leiser, weinerlicher Stimme, das Lachen immer unterdrückend.*

»Macht keine Witze, sag ich, ja?« *Er spricht verwundert, nahezu tonlos.* »Vorsicht, eine Papstwahl ist eine ernsthafte Sache, wenn mal ein Bischof stirbt, braucht ihr nicht gleich eine Papstwahl zu machen!

Sie haben's gemacht! Wie sie die Zettel aus der Urne geholt haben, kam Albino ... Albino ... Albino, ich wurde blaß, hatte Angst. Ich, Papst?!« *Klangloses Gelächter.*

»Da sagt der Kollege Kardinal neben mir: ›Keine Sorge, Albino. *Kurzes, atemloses Lachen.* Gott gibt uns die Lasten zu tragen und auch die Kraft, sie zu ertragen, das gilt sogar für dich!‹« *Er lacht atemlos, faßt sich und spricht resigniert weiter.*

»Sie haben mich zum PAPST gewählt, ich bin euer PAPST ...« *Lacht außer Atem, dann mit Kopfstimme, beinah schreiend:*

»Friß, Vogel oder stirb!« *Er verkneift sich das Lachen mit den Beinen.*

»Oh Sankta! Dann kam das Problem mit dem Namen, weil sie mich ja nicht gut Papst Albino nennen konnten.« *Kurzes, prustendes Gelächter. Weiter mit leiser Stimme, versöhnlich.*

»Ich sage: Vielleicht bin ich Johannes?« *Er gibt zu verstehen, daß jemand ihm antwortet.*

»Nein, Johannes ist ausgeschlossen ... PENG! Außerdem war er ein Heiliger. Und er war intelligent!«

»Ich zu ihm: ›Johannes Paul? Paul Johannes?‹ Ich meine, weil ich dem Johannes* Dank schulde, der war sympathisch! *Lacht atemlos, versucht zu sprechen.* Der

---

* Papst Johannes XXIII

Johannes war eine Marke, hahaha. *Er lacht atemlos, versucht zu sprechen. Weiter im Falsett.* Der Johannes hatte mich doch zum Kardinal ernannt ... *Lacht tonlos, mit Kopfstimme weiter.* Mich zum Patriarch von Venedig gemacht ... Und wie ich sagte: ›Nicht doch, Johannes, das ist ein zu wichtiger Posten, Venedig hat schon soviel mitgemacht ...‹ ›Keine Sorge‹, hat er gesagt, ›Venedig geht sowieso unter ...‹« *Kurzes, tonloses Lachen.*

»Dieser Schelm!« *Er fängt sich und erzählt monoton weiter.* »Und dann Paulchen, weil der mir zum erstenmal den Papstmantel gegeben hat. Wir waren in Venedig, ich saß da in der Gondel, mir war saukalt, weil ich meinen Kardinalshut vergessen hatte, und da sagt er: ›Hier mein Lieber, zieh das über‹, und das Käppchen setzte er mir ebenfalls auf, mit den Worten: ›Bedecke das, was dir fehlt!‹ Und jetzt ist es passiert ...« *Kurzes, tonloses Lachen.*

»Ja, ein Papst, der geachtet wird, muß was erzählen, können, heilige Geschichten muß er euch erzählen, damit ihr abends vor dem Einschlafen darüber nachdenkt und sprecht: ›Na sowas, der Albino hat Recht ...‹ Ich aber will mich einfach ausdrücken, ich rede auch gern mit Kindern, also sage ich nur: PINOCCHIO!«

»War Pinocchio ein Christ? Beantwortet meine Frage! Ein Christ aus Holz! Ist Holz beseelt? Und die Bäume? Hat ein Tisch eine Seele? Und ein Schubfach? Man sagt doch: ›In diesem Kasten wohnt ein Geist ...‹ Gefällt euch dies Gleichnis?« *Er lächelt verschmitzt.*

»Ja, Pinocchio hatte eine Seele, denn sein Gewissen wußte, was gut und böse ist!

Und warum war seine Nase so lang?« *Er schaut listig umher.*

»Antwortet mir! Ihr wißt es nicht? Weil er Lügen erzählte! Ungehorsam war. Schlechten Umgang hatte. Nicht gehorchte! Die gute Fee, Gepetto und die Polizisten belogen hat! Denn einen Polizisten darf man nicht belügen! Weil er alles glaubt! Er ging mit dem Fuchs, mit der Katze, mit dem verdorbenen Kerzendocht, hatte schlechten Umgang, lauter Marxisten! Dann verfolgte ihn das Pech, er kam in den Walfisch, fand den Gepetto, kam aus dem Walfisch raus und wurde ein Esel. *Dann schnell, mit Kopfstimme.* Weshalb hatte er soviel Pech? Na, auf wen hat er nicht gehört? Beantwortet meine Frage!« *Er schaut verschmitzt um sich. Dann weiter mit Kopfstimme.*

»Auf die GUTE FEE! Die gesegnete Fee! Und wer ist die Fee? Die heilige römische Kirche! *Immer noch mit Kopfstimme.* Und außerdem hat er auf wessen Ratschläge nicht gehört? Dieser Christ aus Holz?« *Mit normaler, entschlossener Stimme.*

»Auf die GRILLE! *Sehr schnell mit Kopfstimme.* Auf die Grille, die spricht: ›Tu dies nicht und tu das nicht!‹ Er wollte sie sogar schlagen, die Grille! Umbringen wollte er sie.«

»Und wer ist diese Grille? *Er lächelt verschmitzt.* Antwortet mir! *Beinah schreiend.* ICH BIN DIE SPRECHENDE GRILLE!«

So, das gefällt euch?

»Zweites Gleichnis: der Motor. *Er setzt sich ins Auto, dreht den Zündschlüssel. Imitiert einen knatternden Motor, der schließlich absäuft und ausgeht.* BRUMM BRUMM BRUMM KRRTT KRRTT TOCKTOCK TOCK, was iss los, KRRT KRRTT TOCK TOCK KRÄCH TOCK ... TOCK ... was hat der Motor? Was hat er? Ist das Öl alle? Kontrolle: Öl vorhanden! Benzin? Tank voll! Öl – Benzin vorhanden! In Ordnung. GUT, GUT, Bremse funktioniert! *Er spricht schnell, mit Kopfstimme.* Springt nicht an. Warum? BRUMM BRUMM KRRTT FFTT FFTT FFTT TOCK TOCK ... TOCK ... Weil der Motor so ist wie der menschliche Körper! Innendrin hat er eine Seele. Er funktioniert nicht, wenn im Motor kein Geist und die Seele abgesoffen ist! Der Zündverteiler unseres Körpermotors ist die Seele!«

Das gefällt euch? Schluß jetzt!

Er tritt aus der Rolle heraus und beginnt wieder zu erzählen. Ich war ganz Ohr bei all seinen Gleichnissen. Wenn ich ihn so erzählen hörte, dachte ich bei mir, wenn der so weitermacht, muß ich eine Komödie pro Monat schreiben! Aber er verschwand, als es am schönsten war. Weil er so furchtbar taktlos war, öffentlich mit lauter Stimme zu verkünden: »Gott ist mehr Mutter als Vater!« Wo der da oben *er blickt in die Höhe* so ein Phallokrat ist: RUMMEL GRUMMEL. *Er mimt Gottvater, der die Wolken beiseite schiebt und sich mit grimmiger Miene vorbeugt:*

»Albino! Was sagst du da?!!« *Mit einer knappen Geste, wie der Spieß zum Rekruten.* »Meldung zum Rapport!« *Er mimt Albino, der reuig und stumm hochfliegt und Gott in den Himmel folgt.* So ein Pech.

Auch um Paulchen hat es mir leidgetan. Trotz seiner strengen Maske. Dafür war er geistreich! Wißt ihr noch, damals, als er sich als Indianer verkleidet hat? Bestimmt habt ihr das Foto gesehen. Lauter Federn. Er hatte sich den Federschmuck von einem Besucher, der Indianerhäuptling war, geliehen. Wie er eintrat, sprach Paulchen:

»Darf ich mal ihre Federn anprobieren?« War das ein Papst, mit einem Haufen Federn, hinten bis auf die Füße ... Gut für die Zauberflöte! Als das die Tiroler erfuhren, wollten sie gleich nach Rom kommen, mit ihren Lederhosen und Hosenträgern, die sollte er ebenfalls anprobieren. *Er deutet einen Schuhplattler an, klatscht sich auf Schenkel und Waden.* JUCHHUUUH! Und das Rennrad von Eddi Merckx, dem berühmtesten Radfahrer aller Zeiten. Göttlich! Was, ihr habt die Story mit dem Rad vergessen? Nun gut, als Merckx sich entschlossen hatte, keine Rennen mehr zu fahren, wollten alle sein Rad haben. Sogar Baudoin, der belgische König, wollte es. »Nein, ich habe beschlossen, es dem Papst zu schenken. Paul dem VI.!« Fährt also nach Rom, gibt dem Papst sein goldenes Rennrad und spricht:

»Ich höre auf, mein Fahrrad gehört ihnen.«

Ein anderer Papst hätte beleidigt gefragt:

»Wieso, soll ICH etwa Fahrrad fahren?« Das geistreiche Paulchen jedoch empfing es mit Freuden und antwortete:

»Davon träume ich schon lange! Danke! Ein wunderbares Geschenk!«

Aber gebt acht! Hinter diesem Geschenk verbarg sich nämlich eine abgefeimte Vergeltung. Vergeßt nicht, daß Merckx ein Flame ist. Die Flamen haben sich seit dem Mittelalter mit den Päpsten herumgeschlagen. Die römische Kirche hat die Flamen jahrelang gequält, niedergemetzelt, verbrannt, angefangen bei den Religionskriegen im 15. Jahrhundert, als die fanatischen katholischen Spanier einfielen, bis ins 18. Jahrhundert hinein. Merckx wollte ihm also eine Falle stellen. Ausgerechnet an dem sanften, arglosen und unbefleckten Paulchen wollte er sich rächen! Er dachte:

»Wenn ich dem mein Fahrrad gebe, benutzt er das auch!« Denn was war das für ein Rad? Hat er ihm vielleicht ein ganz normales Straßenfahrrad geschenkt? Gebt acht! Ein Rennrad! Lacht nur, ich bin überzeugt, ihr kennt nicht mal den Unterschied zwischen einem normalen Fahrrad und einem Rennrad. Ein Rennrad hat keine Bremsen! Damit es möglichst wenig wiegt, wird alles abmontiert: Luftpumpe, Gangschaltung, Bremse. Es hat keine Bremsen. Also braucht bei Wettrennen jeder Teilnehmer beim Start einen Porteur, der sowohl den Rennfahrer wie sein Rad festhält. Er schiebt den Fahrer an und gibt ihm Schwung. Und wenn das Rennen, der Flug, zu Ende ist, dann müssen die Porteurs die Fahrer stoppen, denn die können ja nicht bremsen und würden sonst noch wer weiß wie lange auf der Rennbahn rumkurven. *Spielt den Porteur.*

Der Porteur schnappt sich also alle beide im Flug, den Rennfahrer wie sein Rad. Wehe, er macht einen Fehler und schnappt sich nur den Mann, dann fährt das Rad weiter und dreht noch drei Runden, aber solo. Noch schlimmer, wenn er sich vertut und nur das Fahrrad auffängt, nicht aber den Fahrer, und der hängt in der Luft, strampelt weiter Runden, radelt, merkt nichts, blickt ab und zu nach oben. *Er mimt den Rennfahrer, der im Leeren strampelt.* Bis so ein Schwachkopf auf der Tribüne plötzlich schreit:

»Du fährst ohne Rad!«

»Häh?« PLATSCH da liegt er! Achtung Kurve ... landet halbtot auf der Erde.

Wie gesagt, es war ein Schurkenstreich, dem Paulchen dies Fahrrad zu schenken. Denn wohin fuhr Paulchen in den Ferien? Nach Castel Gandolfo. Jeden Freitag, über's Wochenende. Wart ihr schon mal dort? Wie sieht Castel Gandolfo von oben aus? Es gibt dort eine weiße Straße, ein Band, das nach unten führt, in die Tiefe, und ganz unten ist eine lange weiße Mauer und eine Haarnadelkurve, das macht Spaß! Du fährst sogar mit einem Skateboard runter wie der Blitz. Und Merckx, dieser Aasgeier, hatte sich folgendes ausgedacht:

»Der fährt rauf nach Castel Gandolfo, nimmt das Rad mit, dann geht er im Morgengrauen, damit ihn niemand sieht, kein Schweizer Gardist oder Mönch, raus auf den Platz mit seinem Rennrad, steckt sich die Aufschläge von seiner Kutte mit Klammern hoch *er mimt die Handlung,* streift die Rallyehandschuhe über, die Ersatzschläuche *er zeigt auf dem Oberkörper Ersatzreifen über Kreuz, wie sie die Radfahrer früher trugen,* setzt die Rennfahrermitra auf *er spielt, daß er eine Mitra aufsetzt, stützt dann beide Handgelenke an der Stirn ab, dreht sie in die Höhe, so daß der Eindruck von einem Mützenschirm entsteht,* den Schirm hochgeklappt, darauf steht: FIAT. Auf dem Rücken steht VOLUNTAS TUA, zur Täuschung, wir wissen ja, daß er von FIAT gesponsert wird. Steigt auf den Sattel, atmet tief durch und ab ins Verderben.«

»Bahn frei!« ZZISCH ZZZÄSCH WWWUMM. Die Mauer! Bremsen! Es hat keine Bremsen! PFFFRRRUMMM! Ein

Rührei aus den päpstlichen Farben, Eiweiß und Eigelb. Gut, nun gibt es ihn nicht mehr, auf dem Thron sitzt Woytila*. Ein Pole, der mir nicht gefällt, er bringt mir absolut nichts. Der Papst, der aus der Kälte kam. Ich hab ihn mal gesehen, da hat er gerade Kinder abgeküßt. Habt ihr mitbekommen, wie er das macht? Er hebt sie hoch wie Pakete. Wie am Fließband. *Er arbeitet automatisch* SCHMATZ ... und weg! Wo sie landen, ist ihm egal. Gottlob werden sie aufgefangen. Von Rugbyspielern, die sich als Priester verkleidet haben. HOPPLA! DA! *Er mimt, daß sie die Kinder im Flug auffangen, zuwerfen und zurückwerfen, wie ovale Bälle.* Nein, dieser Papst überzeugt mich nicht. Weiter geht's, das heißt, wir kommen zurück auf die Geschichte vom Anfang, das Protevangelium. Es beginnt mit der Ankunft der Drei Weisen ... Ich sagte, daß Jesus Christus als Kind auf der Flucht nach Ägypten mit der Muttergottes und dem Heiligen Josef die Stadt Jaffa erreicht, Jaffa, wo die Pampelmusen herkommen. Sie kommen in die Stadt und suchen nach einer Bleibe. Schließlich finden sie am Stadtrand eine elende Hütte, noch viel schäbiger als der Stall von Bethlehem. Josef geht auf Arbeitssuche, die Muttergottes schafft als Wäscherin, um ihrerseits die Familie zu unterstützen.

Das Kind steht auf der Straße und möchte mit den anderen Kindern spielen. Es wird jedoch als Ausländer, als Emigrant, als Gastarbeiterkind behandelt. Die Einheimischen verstehen seinen Dialekt nicht. Also wird das Kind gemieden, beiseite geschoben. Es merkt, daß es »anders« ist. Es versucht, die Ablehnung der anderen Kinder zu überwinden, es will Freunde gewinnen, will mit ihnen zusammen spielen, lachen, sich etwas ausdenken, etwas erfinden. Da beschließt es, ein Wunder zu vollbringen. Das Wunder jedoch, ein absurdes, phantastisches Spiel, das Jesus erfindet, wird zerstört von dem

---

* Johannes Paul II.

Sohn des Mannes, der über die Stadt herrscht. Ein klares Gleichnis: Die Mächtigen ertragen es nicht, wenn andere Menschen, vor allem »einfache Leute«, Einbildungskraft und Phantasie entwickeln. Auf soviel Anmaßung reagiert der kleine Jesus sehr heftig ... unerhört!

Schluß jetzt, sonst verraten wir zuviel. Fangen wir an!

Als am weiten dunklen Sternenhimmel auf einmal wie ein Blitz der Komet erschien mit seinem langen, leuchtenden Feuerschweif ... wie eine närrische Schlange im Zickzack sich wand, einen Veitstanz aufführte und unter die Sternenlichter plumpste wie eine Fledermaus, die einen Schwarm erschreckter Glühwürmchen aufscheucht, da stimmten die armen Sterne ein Geschrei an:

»Wer ist denn das, Kruzitürken!«

Aber der riesige Stern lief torkelnd weiter, sauste nach hinten weg und verschwand in der Ferne. Die lange Spur, die er zog, war genau der Weg der Heiligen Drei Könige, denn die Drei Weisen aus dem Morgenland waren da. Von weit her kamen sie, aus dem fernen Orient.

Der Älteste von ihnen war ein König mit einer mächtigen goldenen Krone auf dem Kopf, weißen Haaren und einem grauen Bart. Ein mürrisches Gesicht machte er mit seiner grimmigen Schnabelnase, schimpfte und fluchte auf Teufel komm raus: AUTSCH! Weil ihm bei jedem Sattelschupser die Beulen am Hintern so weh taten, daß er aufschrie.

Der zweite König war jung, er ritt auf einem weißen Pferd, unter seiner Krone quollen lauter goldene Löckchen hervor, darunter himmelblaue Augen und ein Lächeln lag auf seinem Mund. Der dritte ritt auf einem Kamel. Dieser König war schwarz, so pechschwarz, daß sein graues Kamel ganz hell aussah, viel heller als das weiße Pferd des blonden Königs. Er sah schön aus und lachte, ritt auf seinem Kamel und sang die ganze Zeit vor sich hin, immer den gleichen Singsang:

»Oh wie schön, oh wie schön,
ist's auf dem Kamel zu reisen!
Oh wie ist das schön!
Hüpf hinunter, hüpf hinauf,
oben auf dem Höcker drauf,
oh wie schön, wie angenehm,
mit Kamel nach Bethlehem.

Über mir die Sterne blitzen,
der Komet am Himmel flitzt
geradewegs zur Hütte hin,
mit der Muttergottes drin,
und das Kindlein greint und bläkt,
und Sankt Josef sägt und sägt,
über ihnen fliegen Englein,
Ochs und Esel ruhn sich aus,
mein Kamel schlägt hinten aus,
hundemüde trabt's!
Oh wie schön, wie wunderschön,
ist's auf dem Kamel zu reisen!
Weite Reisen sind verkehrt,
reitest du auf einem Pferd,
quetschst dir fast die Eier ab.
Drum bring dein Kamel auf Trab,
das ist viel bequemer!«

»Aufhören!« – schimpfte der Alte – »Ich kann nicht mehr! Ich kann das nicht länger mit anhören, wie bequem und wie schön es ist auf dem Kamel!«

Der schwarze König fährt fort mit seiner Litanei:

»Aber ich muß doch singen,
um das Kamel zum Laufen zu bringen,
denn wenn ich nicht singe,
dann schläft es noch ein,
verheddert sein Bein,
rutscht aus und fällt hin
und auf mich drauf,
zerquetscht mich zu Brei,
deshalb sing ich dabei.
Oh wie schön, oh wie schön,
mit Kamel nach Bethlehem,
geradewegs zur Hütte hin
mit der Muttergottes drin,
mit dem Kind, das weint und bläkt,

und Sankt Josef sägt und sägt,
Englein fliegen drum umher.
Das Kamel tritt aus und trottet dahin,
deshalb sing ich so vor mich hin,
es hört mir zu und faßt wieder Tritt.
Denn schöner als auf Pferdesrücken reiten
ist es, gemächlich auf dem Kamelhöcker durch die
Nacht zu gleiten.
Ein Pferd galoppiert.
Zwar sind auch beim Kamel die Beine zu viert,
aber wenn man den Tritt nicht reguliert,
passierts, daß sich das Laufwerk verheddert.
Das Kamel rutscht aus und fällt hin,
auf mich drauf, da bin ich hin,
zerquetscht zu Brei,
darum sing ich dabei.
Oh wie schön, oh wie schön!
Denn bis hin nach Bethlehem
will ich auf dem Höckertier gleiten.
Ooooaah wie schön!
Ooooaah wie schön!«

»Hör auf, oder ich freß dich mit Haut und Haar!« schreit der alte König verzweifelt. »Ich zieh dir das schwarze Fell über die Ohren und das weiße, was drin ist, freß ich auf!«

»Muß denn ausgerechnet ein schwarzer König mitkommen, bloß damit die ganze Menschheit dabei ist! Hätten wir nur einen gelben, roten oder einen gestreiften König mitgenommen. Aber ein Schwarzer! Ganz weiße Augen hat er und mittendrin eine schwarze Pupille, die im Dunkeln rot wird, so daß man meinen könnte, er sei ein wildes Tier.

Vertraulich zum Publikum. Kürzlich war ich mal austreten im Grünen, weil ich ein gewisses Bedürfnis verspürte. Ich ließ also die Hosen runter – entschuldigt das Thema – und war gerade halbfertig, in der Hocke, so wie jetzt, da leuchten plötzlich vor mir zwei Augen auf! Ein wildes Tier! Ich mache mir in die Hose! Da hatte der sich doch vor mir aufgebaut und kackte. Kackte ohne Gesang, ohne sein ständiges Geleiere: ›Oh wie schön, oh wie schön ist das Kacken ohne Kamel!‹«

In diesem Moment schlägt der Komet noch einen blitzschnellen Haken und bleibt auf einmal mitten am Himmel stehn.

»Was ist los?«

Der Schwarze antwortet ihm mit Gesang:

»Er hält an, um zu verschnaufen!
Wir sind ans Ziel gelaufen!
Sind gleich in Bethlehem,
oh wie schön, wie wunderschön!«

Aus Verzweiflung gibt der alte König seinem Pferd die Sporen und reitet los wie ein Irrer, der schwarze König immer hinterher, sie reiten immer weiter fort ins Dunkel, in die finstere Nacht hinein, bis sie verschwinden. Sie sind weg, ganz in der Ferne hört man noch:

»Oh wie schön, wie wunderschön!«

»Aufhören!«

»Oh wie schön ...«

»Aufhören ...«

Er spielt, daß er Stimmen hört, die immer schwächer werden.

Großes Schweigen.

Da erscheint plötzlich am Himmel ein großer Engel. Mit zerzausten Haaren, im Wind wehenden Locken. Auf den Kopf haben sie ihm einen großen Heiligenschein genagelt. Er trägt ein seidenes Gewand aus langen Tüchern, die im Wind wie lockere Segel flattern. Hier vorn auf der Brust eine seidene Schärpe mit der Inschrift »Engel!« Das ist für die, die ein bißchen langsam sind. Dieser Engel mit seinen mächtigen, farbigen Flügeln flog durch die Luft wie ein gefährlicher Raubvogel.

Kam im Sturzflug herunter, daß der Staub aufwirbelte und rief:

»Den Menschen ein Wohlgefallaaauuuaaauuuh ... Kommt her, denn euch ist der Heiland geboooaaauuuaaauuuh.« *Er mimt die Schläge mit Engelsflügeln, die den Boden streifen.*

Alle Hirten in der Gegend warfen sich auf die Erde vor Schrecken.

»Heh! Du bist wohl verrückt geworden. Willst du uns erschlagen? Du erschreckst ja unsere Schafe, daß es ihnen die Milch verschlägt.« *Er zeigt den nächsten Flügelschlag des Engels, der ihn beinahe umwirft.*

»Oh, würdest du doch gegen die Felsen schlagen, daß dir der Heiligenschein über die Ohren rutscht und die Federn nur so fliegen, du Truthahn!«

Da machen sich die Hirten auf den Weg zur Hütte und tragen zu essen hin. Einer bringt Käse, einer ein Zicklein, Kaninchen, ein anderer bringt Wein und Öl, einer Hühner, einer Bratäpfel und Kastanienkuchen. Zu guter Letzt kommen welche mit Salami, direkt aus Oberitalien. Diese Trottel! Ein neugeborenes Kind verträgt doch keine Salami. Sie sagen:

»Wir müssen die Krippe aufstellen!« Die heilige Anna in der Hütte räumte alle Geschenke weg, die sie gebracht haben. Der Stall war nämlich voll mit Eßsachen, auf dem Esel stapelten sich die Päckchen und Bündel, so daß nur noch sein Kopf herausschaute und er fast erstickt wäre. Auch die Kuh war vollgepackt und kaum noch zu sehen. Überall standen Hühner, Käse, Salami und Flaschen, es sah aus wie auf dem Markt. Dann erschienen die drei Weisen aus dem Morgenland und knieten hin. Als erster bringt der Alte sein Geschenk, dann der Junge, und nun erscheint der Schwarze ...

»Ei wie schön, ei wie schön!
Das Kindlein in der Krippe!«

»Raus, Schwarzer, verschwinde, sei still! Erschrick nicht das Kind! Sing draußen!«

In dem Augenblick hört man, daß Soldaten anmarschieren. Die Soldaten gehen in alle Hütten und sehen nach, ob der Heiland geboren wurde, um ihn umzubringen. Vor die Hütte, in der die Muttergottes und das Jesuskind sind, stellt sich der riesige Engel mit einem schrecklichen Säbel. Die Soldaten kommen, und der vorderste bleibt stehn:

»Halt! Seht mal, was für ein gottverdammter Engel da vor der Hütte steht! Marsch, marsch zurück, sonst schlägt er uns zu Brei! Flieht!«

Plötzlich hört man einen Ausrufer, KLINGELINGELING:

»Mütter und Frauen, hört mir zu! Wer von euch in diesen drei Tagen ein Kind geboren hat kann sich freuen! Denn der König hat beschlossen, dem schönsten Kind einen Preis zu stiften! Bringt euer Kind zum Königspalast! Bringt es in das große Haus des Herodes. Das schönste Kind wird ein Krönchen von ihm bekommen mit der Inschrift: ›Oh wie schön ist dieses Kind! Beinahe schöner als Gottes Sohn!‹ Und auch die Frau die es geboren hat, wird eine Krone bekommen, auf der gedruckt ist: ›Diese Frau hat ein Kind zur Welt gebracht, das schön ist wie Gott‹!«

Kaum hatte die heilige Anna diese Rede vernommen, ging sie zur Muttergottes:

»Komm! Es gibt einen Preis! Bring sofort dein Kind zum Wettbewerb!«

»Ich mag aber nicht. Ich bin schon gesegnet genug, das ist nicht nötig.«

»Doch! Die ganze Welt soll es erfahren! Kein anderes Kind darf den Preis von Herodes kriegen! Los, hör auf deine Mutter, laß uns gehn.« Gerade wollen sie weg, da fällt ihr ein:

»Warte, wir holen Schleifchen, um unser Kind noch schöner zu machen. Josef, du schaust derweil nach dem Kind und paßt auf, daß ihm nichts zustößt.«

Sie gehen weg, und sofort legt der heilige Josef seine Säge beiseite und spricht:

»Ich fürchte, das ist eine Falle, da bin ich ganz sicher. Was meinst du, Jesuskind?«

Das Jesuskind war schon sehr intelligent und sprach:

»Jaja ...« und dabei zwinkerte es mit den Äuglein. Also kramte der heilige Josef einen Topf hervor mit schwarzer Farbe zum Streichen von Türriegeln und malte dem Kind mit einem spitzen Pinsel viele Pünktchen ins Gesicht: FFTT FFTT FFTT! Das Kind schnitt Grimassen, weil es kitzelte. »Halt still!« Und fing wieder an zu sägen.

Die heilige Anna kommt zurück:

»Ohjehohjeh! Es hat die Röteln! Die schwarzen Röteln! Der schwarze Mann, der vorhin hier war, hat unser Kind erschreckt!« Sie nimmt einen Lappen und wischt und putzt, FSCHT FSCHT, bis es wieder blitzblank ist.

»Irgend jemand hat dem Kindchen Pünktchen ins Gesicht gemalt! Wer das wohl war?«

Der heilige Josef sägte:

»Weiß nicht, weiß nicht.«

»Paß du mit deiner Säge auf, daß ich dir nicht die Hörner absäge«, sagt die heilige Anna ganz böse.

Dann ging sie noch einmal los mit der Muttergottes, diesmal, um wohlriechende Salben zu kaufen, damit das Kind schön duftete.

»Paß gut auf, solange wir weg sind. Du bist schuld, falls ihm etwas zustößt!«

Als die Frauen weg waren, fiel Sankt Josef nichts ein ... bis er ein Tierchen an der Wand entdeckte ... ein gelbschwarz gestreiftes Tierchen, eine Biene, eine große Biene; sah eher wie eine Hummel aus. Er greift sich einen Becher und fängt sie ... ZACK! Wie sie auf der Mauer sitzt: Ich hab sie! Ein Brettchen drunter ... SUMM! Jetzt sitzt sie im Becher!

»Tut mir leid, mein Kind, ich muß dich in die Backe stechen. ZACK! WTTT! *Er zeigt, wie die Backe sofort anschwillt.* Und jetzt die andere Seite: SSST! ZACK! WTTT! *Er zeigt die Schwellung auf der anderen Backe.* WTT!

Auf die Stirn! *Wie vorher.* Die Beulen der Dreifaltigkeit!«

Dann nimmt er ganz unschuldig seine Säge zur Hand und tut, als ob er sägt. Kommt die heilige Anna zurück:

»Um Himmelswillen, wer hat dich denn so zugerichtet? Ohgottogott, was ist bloß passiert? Sieh dir das an! Wie monströs!«

»Hör auf zu jammern, das ist bald wieder weg, dauert höchstens zwei Monate«, sagt Josef.

»Was ist das denn?!« *Sie zeigt auf die Beulen.*

»Das sind die Weisheitszähne!«

»Auf beiden Seiten?«

»Jawohl!«

»Auch auf der Stirn?«

»Ihm steht halt die Weisheit ins Gesicht geschrieben.«

Die Muttergottes und die heilige Anna weinen.

»Warum müssen ihm ausgerechnet heute, am Tag des Wettbewerbs die Weisheitsbeulen wachsen! Wir können nicht mitmachen, er sieht abscheulich aus. So ein Pech!«

Kurze Zeit später hört man auf der Straße Leute weinen. Man hört die verzweifelten Schreie von Frauen und Müttern, mit ihren blutüberströmten, zerstückelten Kindern.

»Aaaah! Es war eine Falle! Kaum waren wir im Hof, hat Herodes die Tore verriegeln lassen. Die Soldaten kamen und brachten unsere Kinder um. Sie sind tot! Es war eine Falle!«

Da begriff die heilige Anna und kniete zu Boden, auch die Muttergottes, und gemeinsam riefen sie:

»Hab Dank, oh Gott, der du vom Geist der Klugheit erleuchtet bist. Du wolltest unser Kind retten mit diesem vorgetäuschten Beulenunglück, damit es nicht dem Herodes in die Klauen fällt. Wie klug du bist, oh Gott! Was hast du für einen tollen Einfall gehabt!«

Sankt Josef sägte vor lauter Wut in den Sägebock und schimpfte:

»Immer dasselbe«, sagte er. »Wenn ein Mann einen

Geistesblitz hat, dann danken alle Gott, der gar nichts gemacht hat.«

Währenddessen tritt ein Engel ein und ruft:

»Raus hier! Mit Sack und Pack!«

»Wieso Pack?«

»Ausquartierung! Flucht!«

»Wohin?«

»Nach Ägypten!«

»Jetzt schon?«

»Ja, draußen die Soldaten sind auf der Suche nach euch!«

»Warte«, sagt die heilige Anna, »wir müssen zuerst einen Wagen für die vielen Geschenke und Mitbringsel besorgen.«

»Nix Geschenke! Laßt alles stehn und liegen!«

Spricht die Muttergottes:

»Nein, mein Liebes, die Geschenke kommen mit, ich brauche sie für mein Kind, wenn es groß ist ...«

»Bring den Esel her!«

»Nicht doch«, sagt Sankt Josef, »der schnauft und ächzt seit Tagen, kriegt keine Luft und ist spindeldürr, den Esel kann man doch nicht bepacken.«

Wirklich, der Esel taumelte wie besoffen und konnte sich nicht auf den Beinen halten. Kaum wurde er beladen ging er in die Grätsche. Sie packten ihm die Flaschen auf, die Schläuche, den Käse, alle Pakete und Bündel. Der Esel machte WUMM! und streckte alle Viere von sich. Steigt die Muttergottes auf den ganzen Haufen und setzt sich oben drauf, das Kind im Arm.

»Madonna, steig ab«, sagt Sankt Josef, »sonst verreckt er, er kann sich kaum noch rühren.«

»Ausgeschlossen, mein Lieber. Die Leute haben sich so daran gewöhnt, daß ich bei der Flucht nach Ägypten auf einem Esel sitze, von Anfang an.«

Also kriecht Sankt Josef untendrunter, lädt sich den Esel auf den Buckel, und los geht die Reise. Nach zwei, drei Tagen erreicht die Heilige Familie die Stadt Jaffa.

Das weiße Jaffa mit seinen herrlichen hohen Türmen. Sogleich erscheint wieder der Engel und zieht am Himmel seine Kreise. Der Esel erhebt seinen dicken Kopf: IIIAAAHHH! PRÖÖÖ! *Er imitiert Eselsgeschrei.* Läßt einen Pfurz fahren: PPPRRRT! fliegt die Eselseele gen Himmel. Seine Beine knicken ein, WUMM, Bauch zur Erde. Haucht seinen Geist aus. Die Muttergottes obendrauf meint:

»Armes Vieh, ein Zeichen Gottes, wir sind am Ziel.«

Sie gehen in die Stadt, finden eine Herberge. Ein einziges Loch, gegen das der Stall von Bethlehem ein Palast war! Josef stopft die Löcher. Die Familie geht schlafen. Am nächsten Morgen nimmt die Muttergottes einen Korb und sucht Arbeit als Wäscherin, weil auch sie für die Familie sorgen muß. Sankt Josef nimmt Hammer, Säge und Nägel zur Hand und macht sich auf Arbeitssuche. Das Kind steht auf der Straße. Am Abend kommt die Muttergottes halbtot heim. Ihr Rücken ist hin, ihr Kreuz tut weh. Dann Sankt Josef, und schimpft, weil er keinen Pfennig verdient hat. Er setzt sich mit seinem Hammer vor ein Brett und hämmert sich auf die Finger, FLATSCH FLATSCH, nur so kann ein Schreiner seinen Ärger loswerden. Zuletzt das Jesuskind. Aus seiner Nase läuft Rotz, seine Finger sind schmutzig, die Hosen falsch rum an. Es läuft barfuß, sieht schrecklich aus.

»Mama! Hunger!«

»Wie kommst du denn nach Hause? Wie du aussiehst! Sag erstmal Papa und Mama guten Tag und frag sie: ›Seid ihr zufrieden? Müde?‹ Benimm dich!«

»Mama, ich hab Hunger!«

Und die Muttergottes:

»Schäm dich mal! Bist du nicht extra vom Himmel herunter auf die Welt gekommen, geboren, um die Menschen zum Guten zu erziehen, für jeden Menschen Liebe und ein gutes Wort zu haben ... Und da kommst du zu den ersten beiden Christenmenschen, die du ehren sollst, ins Haus, ohne guten Tag zu sagen!«

»Oh Madonna!« sagt das Jesuskind.

Die Muttergottes und Josef erbleichen. Sie setzen sich zu Tisch.

»Geh Hände waschen, mein Kind, putz dir die Nase und kämm dich ordentlich. Locken aus der Stirn! Bekreuzige dich. Nein warte, das hat noch Zeit!«

Das Kind geht schlafen. Die Muttergottes schläft, Josef schläft. Morgens wacht es auf und ist allein, niemand ist bei ihm. Also zieht es sich an, ißt ein Stückchen Brot, läuft raus auf die Straße. Die Kinder draußen spielen Huckepack, Verstecken und Schinkenklopfen ...

»Hallo Kinder, darf ich mitspielen?«

»Nein!«

»Ich trag euch beim Huckepack. Oder machen wir Schinkenklopfen?«

»Nein! Mach dich fort, Palästina!«

»Oder Fangen? Ihr müßt hinter mir herlaufen. Wir spielen Räuber. Ich bin der Räuber, ja?«

»Nein!«

»Warum?«

»Hau ab, Palästina! Kameltreiber!«

Da weint das Kind. Aus seinen Augen quellen dicke Tränen. Bloß um spielen zu können, nur zum Spaß, um sich mit den anderen Kindern zusammen etwas Phantasievolles ausdenken und spielen zu können, vollbringt es ein Wunder. Obgleich seine Mutter immer gesagt hat:

»Vollbring ja nie ein Wunder, sonst wirst du entdeckt. Dann merken sie, daß du Gottes Sohn bist, Herodes schickt uns seine Häscher auf den Hals, und wir müssen fliehen!«

Mitten auf dem Platz stand ein Brunnen. Ringsherum war Erde, genau gesagt Tonerde, aus der man Backsteine macht. Das Jesuskind nahm eine Handvoll Erde und begann, sie mit seinen Fingerchen zu kneten: Aus dem Klumpen wird ein Vogel, ein Körper mit Flügeln, vielen zarten Federn. Für die Füßchen hebt es ein Stöckchen auf ...

»Da guck mal, was ich kann! Ein Vogel aus Ton!«

»Ei, ist der Palästina aber ein lieber Junge, kommt extra von weit her, um uns zu zeigen, wie man Tonvögelchen macht ... toll!«

»Ja, aber wenn ich will, kann es fliegen.«

»Häh?«

»Ich brauch nur zu pusten!«

»Mach mal vor!«

»Siehst du! PUUUST!« *Er bläst mit aller Kraft.*

Da plustert das Vögelchen seine Federn und Flügel, schüttelt sich, schlägt und flattert: TSCHIP TSCHIP TSCHIP TSCHUUU TSCHIP! *Er spielt einen Vogel, nur mit den Händen, der umherflattert, dann im Himmel verschwindet.* »Kerle, das ist ein As, der Palästina! Kann zaubern. Oh, er hat den Tonvogel zum Fliegen gebracht. Mit einmal pusten. Aus Lehm!«

»Du lügst.«

»Doch! Ich hab's gesehen!«

»Das war bloß ein fauler Trick! Der Vogel war vom Baum gefallen und ganz betäubt! Er hebt ihn auf, taucht ihn ins Wasser, reibt ihn danach ein bißchen mit Lehm ein, setzt ihn auf seine Hand, bläst ihm in den Hintern ... er friert ... KRÄCHZ KRÄCHZ ... und fliegt davon!«

»Nein, er war wirklich aus Lehm, ich hab's gesehn! Los, zeig's ihm Palästina, mach schon. Da ist ein Klumpen Ton ... gleich ist er fertig ... noch die Flügel ... los, puste!«

»Warte!«

»Auf wen?«

Kommt ein Junge herbei, ein Kind mit einem großen Kopf voll schwarzer Locken:

»Halt! Überprüfung!«

»Wer bist du?«

»Thomas!«

»Thomas? Walte deines Amtes.« *Er hebt die Hände, fügt sich aus lauter Gewohnheit, weil er ihn kennt.* Thomas nimmt einen Nagel. Piekst ZUMM ZUMM ZUMM in den Tonvogel:

»Alles ordnungsgemäß ... mach weiter!«

»Achtung, ich puste!« *Er bläst* PFUUUH ... TSCHIP TSCHIP TSCHIP TSCHIBIB ... *Er mimt wieder den Flug des Vogels.*

»Er fliegt! Der Vogel fliegt! Bravo Palästina! Ich mag dich, Kleiner! Küßchen! Wärst du bloß früher zu uns gekommen! Das wird ein Spielchen. Jeder macht einen Vogel und dann bläst unser Palästina, PFUUU, und läßt unsre Vögel fliegen!«

»Auf, Palästina! Du bist gut, Palästina!«

Alle begannen damit, Vögel zu kneten. Große Vögel. Einer machte einen runden Brotlaib mit einem kerzengeraden Schwanz, quadratischen Flügeln und einem Wackelkopf, dann noch zwei Füßchen, BOING, kracht er zusammen ... also klebt er vier, dann fünf Pfoten dran.

»Das giltet nicht, ein Vogel mit vier Pfoten ...«

»Er kippt sonst um ... wichtig ist, daß er fliegt, oder?«

Der nächste macht ein Würstchen, eine Schlange, eine Wurstschlange mit zwölf Flügeln, aber ohne Schwanz, mit zwölf Tatzen.

»Ein Hund ...«

Ein anderer macht einen Teigkloß, eine Art Torte mit hoch aufgerichtetem Kopf, Schnabel nach oben ... und ringsherum ganz viel Flügelchen. Aber ohne Füße.

»Ob der fliegen kann? Mal sehen.«

Dann machte einer Vögelchen, die wie kleine Häufchen aussahen. Ein anderer machte einen großen Scheißhaufen. Und der letzte eine Katze.

»Eine Katze kann doch nicht fliegen!«

»Was der Scheißhaufen kann, kann meine Katze schon lange!«

»Nein, das ist gegen die Spielregel. Wir dürfen keine Katze fliegen lassen!«

»Mama, der Palästina will meine Katze nicht fliegen lassen!«

Er spielt die Mutter, die auf den Balkon tritt und ruft:

»Palästina, wenn du meinem Sohn seiner Katze nicht das Fliegen beibringst, komm ich runter und nagle dich an!« *Er zeigt, wie das Jesuskind besorgt seine Handflächen betrachtet.*

»Alle großen Vögel hintereinander antreten.«

»Weg da, er pustet!« *Er spielt, wie seltsam die verschiedenen Vögel fliegen.*

PUUST ... Der Brotlaib: QUAK QUIEK QUOK ... TÄTERÄ ... PRRR ... Das Würstchen: PIEP PIEP PÄP PRUDDEL ... PFOMM ... Die Torte: PLUMM PLUMM PLUDDEL PFUUI ... Der Scheißhaufen: PFFRT PFFRT PFFRT ...

Die Katze: PFUUH MIAAAOOOUUUH! Frißt alle Vögel am Himmel auf!

»Huch! ich hab Bauchschmerzen vor Lachen!«

»Macht alle mit! Wir fangen nochmal an!«

Alle Kinder machen Vögel. Auch die aus den anderen Stadtvierteln kommen angelaufen. Der Platz ist voller Kinder, die Erdförmchen machen und Tonfiguren kneten. Vögel in allen Farben und Formen. Sie spielen, lachen, singen.

Da geht plötzlich: KRRR das große Tor am Platz auf. Ein schwarzes, prächtig gesatteltes und gezäumtes Pferd erscheint. Ein schönes Pferd. Es trägt ein blühendes Kind mit listigen Augen, ordentlicher Frisur, einem federgeschmückten Hut. Ein Kind in Samt und Seide, mit einem Spitzenkragen. Das umgeben ist von Soldaten in klirrenden Rüstungen. Die ebenfalls Federn am Hut tragen und auf weißen Pferden reiten.

Jenes Kind war der Sohn des herrschenden Stadtfürsten. *Er spielt das Kind. Es wendet sich vom Pferd aus an die Kinder auf der Straße.*

»Heh Jungens, was spielt ihr da?«

»Sag's ihm nicht. Das ist der Sohn vom Stadtfürst. Ein Quälgeist, Palästina, hör nicht auf ihn, stell dich dumm.«

»Ich will wissen, wie das Spiel geht! Kann ich mitspielen?«

»Nein!«

»Und warum bitte nicht?«

»Darum! Weil du uns auch nicht mit dir spielen läßt, wenn wir möchten. Wenn wir auf deinen Pferden reiten wollen, sagst du nein. Wenn wir dich mal besuchen kommen, wo du so schöne Spielsachen hast, gibst du deinen Aufpassern den Befehl, uns rauszuschmeißen. Jetzt haben wir mal ein schönes Spiel, das schönste Spielzeug der Welt, aber der Palästina, der unser Anführer ist, gehört zu uns. Du hast viel Geld, aber keinen Palästina. Der Palästina ist für uns da, stimmt's Palästina? *Er gibt Jesus einen Kuß.* Geh ja nicht mit ihm, hörst du? Sei kein Judas!«

»Darf man wissen, wie das Spiel geht?«

»Ich werd's dir verraten. Wir machen lauter große Vögel, dann kommt Palästina, pustet einmal und läßt sie fliegen. Willst du das auch spielen?«

»Auja.«

»Also gut. Hol deinen Piepmatz hervor, blas einmal kräftig drauf, und dann werden wir ja sehn, ob er fliegen kann!« *Er mimt ein Hohngelächter im Chor.*

Der Fürstensohn wurde rot vor Wut, die Augen fielen ihm fast aus dem Kopf, wutschnaubend ergriff er eine Soldatenlanze, gab seinem Pferd die Sporen, galoppierte los und schrie wütend:

»Wenn ich nicht mitspielen kann, verbiete ich das Spiel!«

KLACK KLACK, zerstampften die Pferdehufe alle Kunstwerke, die vielen Tonfigürchen. Überall lag zerbrochene, krümelige Tonerde herum. Die Kinder weinten und warfen mit Lehmklumpen, bis die Soldaten auf ihren Pferden ankamen und schrien:

»Macht euch fort! Verschwindet, aber schnell! Er ist der Sohn des Herrschers und kann machen, was er will!«

Die Mütter schauten aus den Fenstern:

»Schäm dich! So ein schönes Spiel kaputtzumachen, das nichts gekostet hat, unsere Kinder waren glücklich, und du ...«

Die Soldaten: »Macht euch fort, Mütter, oder wir spießen euch auf!«

DSCHUMM DSCHUMM KLTSCH! Fenster und Türen sind zu, der Platz leergefegt. Nur der Fürstensohn saß noch da auf seinem schwarzen Pferd, und die Soldaten lachten. Keiner hatte gemerkt, daß am Brunnen noch immer das Jesuskind stand. In seinen großen Augen standen die Tränen ... es blickte zum Himmel auf, der sich bewölkt hatte. *Er zeigt das Kind, das zum Himmel hinaufruft:*

»Vaater, Vaaateeer!«

Die Wolken teilten sich, PFUUUH PFFFT GRUMMEL. *Er spielt Gottvater, der sich aus den Wolken beugt.*

»Was gibt es?«

Er spricht mit kindlicher Stimme, die ein Weinen unterdrückt:

»Vater, ich bin's, Jesus ...«

»Was ist passiert, mein Kind?«

»Dedede ... der böse Junge hat unsere ganzen Tonfiguren kaputt gemacht, mit denen wir gespielt haben. Alle hat er zertrampelt mit seinem Pferd SCHSCHSCHLUCHZ.« *Unverständliches Geschluchze.*

»Aber, aber, mußt du denn deinem Vater wegen so einem Blödsinn gleich einen Riesenschreck einjagen? Daß ich vom andern Ende der Welt in Windeseile herbeirasen muß, zwölf Wolken hab ich durchlöchert, zwölf Cherubine heruntergeschubst und mein Heiliges Dreieck ist krumm und schief! Bis das wieder gerade sitzt, vergeht eine Ewigkeit!«

»Aber er war böse, ist der Sohn des Stadtfürsten und hat alles! Alle Spiele, die er will, aber als er gesehn hat, wie vergnügt wir gespielt haben, da hat er *er schluchzt* alles kaputt gemacht ... HUHUHU *er weint* wo ich mir solche Mühe gegeben habe ...«

»Sprich deutlich.«

»Und ich hatte mir soviel Mühe gegeben mit dem Wunder, daß die Vögelchen fliegen. Weil ich Freunde zum Spielen wollte ... damit sie zu mir lieber Palästina sagen ... Jetzt bin ich wieder allein. Meine Freunde sind alle davongerannt ... *Er weint.* Ach Vater, ich bin so traurig HUHUHU ...«

»Du hast recht. Wahrlich, es ist abscheulich und gewalttätig, wenn man die Träume und Phantasiespiele von Kindern zerstört und zertritt ... Aber was soll ich tun, Kleiner? Er ist noch ein Kind.«

Jesus seufzt noch einmal tief und sagt dann mit möglichst normaler, ungekünstelter Stimme:

»Bring ihn um!« *Er lächelt bettelnd nach oben.* »Ja?« *Er zwinkert, um das Einverständnis seines Vaters zu bekommen.*

»Aber Kind! Ich habe dich vom Himmel auf die Erde geschickt, damit du den Menschen Frieden bringst und sie die Liebe lehrst. Und du willst den ersten, der dir etwas zuleide tut, umbringen! Du fängst deinen Beruf gut an!«

»Na gut, wenn das zuviel verlangt ist, dann mach ihn zum Krüppel. Und schieläugig, ja? Lahm und schieläugig ...«

»Nein, mein Lieber, so geht es nicht. Man kann das nicht mit Gewalt lösen, hörst du?«

»Kann man nicht? Du vielleicht! Und wenn ich ihn umbringe?«

»Mach doch, was du willst, mit dir kann man nicht reden. Aber behaupte ja nicht, daß ich es war.«

PHUUUH, PSCHSCH, verschwinden die Wolken, lösen sich auf, und der Himmel ist wieder klar. Die Zeit ist stehengeblieben, da steht wieder das Fürstenkind und kichert, mit seinen hohnlachenden Kriegern. Das Jesuskind ruft ihm zu:

»Herrscher! Sohn des Stadtfürsten!«

»Häh?«

»Hähähä.« *Er lacht, wie jemand, der einen üblen Streich plant.* »Da lachst du! Machst einen Mordskrawall, hast unsere Figuren und unser Spiel zerstört und lachst noch? Ja, du strahlst und bist zufrieden! Du glaubst bestimmt, daß niemand auf der ganzen Welt dich bestrafen kann, nicht mal dein Vater, was? Und wenn ich jetzt einen Blitz gegen dich schleudere? Lach nur weiter!«

DSCHUMM! Kam ein furchtbarer Blitz aus den Augen vom Jesuskind. *Er beschreibt die schreckliche Flamme.* Eine feurige Zunge umwickelt den Sohn des Stadtfürsten wie eine Zickzackschlange, dreht und schleudert ihn, schlägt ihn zu Boden, daß er aussieht wie ein glühender Backstein im Ofen. TSCH! Wie es dampft!

Alle Frauen rufen von ihren Balkons herunter:

»Was hast du angestellt, du Verbrecher?«

Die Soldaten werden vor Schreck käseweiß und fliehen auf ihren Pferden.

Die Muttergottes kommt herbeigelaufen, denn sie hat das Geschrei gehört.

»Was ist passiert? Was hast du angestellt, Kind?«

»Nichts ... ein Wunder. Ich hab mein erstes Wunder vollbracht. Da, es ist noch warm!«

»Was denn ... ein Kind? Du hast ein Kind in Lehm verwandelt? Warum hast du das getan?«

»Er war böse, Mutter.«

»Keine Entschuldigung! Mach ihn sofort wieder lebendig!«

»Nein.« *Mit greinender Stimme.*

»Sei artig, Jesus! Denk dran, seiner armen Mama wird das Herz brechen! Weck ihn wieder auf!«

»Ich kann nicht. Ich hab zwar das Blitzen gelernt, aber das ›Stehe auf und wandle‹ war noch nicht dran.«

»Lüg mir nichts vor, weck ihn auf, aber schnell! Begreif doch, wenn erst die Soldaten kommen, müssen wir wieder flüchten, wo ich und dein Vater gerade erst Arbeit gefunden haben!«

»Schon, trotzdem ... man kann nicht ein Wunder machen und es gleich wieder zurücknehmen. Also gut, ich erwecke ihn, aber mit einem Tritt!«

POFF! Ein Tritt in die tönernen Hinterbacken und PROMM! ist das Kind auferstanden, mit Haut und Haaren steht es da, greift an seine Pobacken und schaut sich entsetzt um:

»Was war denn das, was war los?«

Das Jesuskind antwortet:

»Ich war das ... ein Wunder ... geblitzt und wieder auferstanden. Dein Glück, daß meine Mutter kam. Schenk der Muttergottes sofort einen Blumenstrauß! Ich hab dir einen Fußtritt verpaßt. Spürst du, wie dein Hintern brennt? Gib acht, das ist ein Gleichnis, eine wichtige Lehre für diejenigen, die sich vor Angst und Schrecken hinter ihren Gardinen versteckt haben. *Er zeigt in die Höhe, rings um den Platz.*

Wenn die erst anfangen, vernünftig zu werden und nachzudenken, hörst du, dann wirst du größer werden durch die Wucht der Fußtritte, die sie dir verpassen! Dein Hintern wird unaufhörlich wachsen und immer dicker werden, bis er eines Tages platzt: PFRUMM! In Ewigkeit ohne Hintern, Amen.«

Dädalus und Ikarus

Vorrede

Die heutige Vorstellung behandelt Probleme, die uns schwer zu schaffen machen. Wir leben in einer Zeit großer Krisen; in einer der schlimmsten stecken wir gerade drin.

Die Zahl der Jugendlichen, die keine Arbeit finden, geht in die Hunderttausende; andere sind zur Schwarzarbeit gezwungen; wir erleben Situationen unerhörter Gewalt.

Da ist die Strukturkrise, die Infrastruktur- und die Überbaukrise, die Staatskrise, die Regierungskrise, die Glaubwürdigkeit-der-Parteien-Krise, die Krise aller Werte.

Jede Menge Krisen, aber viel besorgniserregender ist eigentlich das Aussteigen, die Flucht.

Ich weiß nicht wie es euch geht – mir passiert es häufig, daß ich Genossen, Genossinnen treffe, die früher einmal dabei waren bei den sozialen Auseinandersetzungen, beim Häuserkampf, beim Kampf um Bürgerrechte, für die Erneuerung der Hochschulen – ich treffe sie, und siehe da, sie kommen gerade von einer Reise zurück oder sie brechen zu einer Reise auf. Es ist die Zeit der langen Reisen, auch der Reisen ins Transzendentale, auf der Suche nach neuen Mythen, neuen Religionen, auf der Suche nach neuen Freiräumen, neuen Welten, um sich selbst zu finden, wie sie es nennen, um das eigene Ich zu finden, das Persönliche wiederzufinden, was sich allmählich verwandelt in eine egoistische Flucht nach Innen, in einen widerlichen Individualismus.

Man flieht vor den alten Ismen, denen von gestern, die sich verbraucht haben, mit denen man sich früher geschmückt hat und mit denen man ein dummes und anmaßendes Spiel trieb.

Sicher ist jeder von uns schuldig geworden, hat jeder von uns Mißbrauch getrieben mit den bequemen absoluten Wahrheiten, die er als passenden Schlüssel für alles bereit hatte, jeder von uns hat, um einen katholischen Begriff zu benutzen, »in dieser Form gesündigt«. Aber Selbsterkenntnis ist wenig gefragt, statt dessen trägt man eine Grimasse zur Schau, die sich gegen einen selbst richtet: »Alles Scheiße«. Diese Unsitte, alles über Bord zu werfen! Als ob in den Jahren, die hinter uns liegen, nie etwas entstanden wäre, das auch nur den geringsten Wert gehabt hätte: »Ich schmeiß alles hin und hau ab.«

Aber ich will Euch keine Moralpredigt halten, sondern nur auf das Thema hinführen, das ich gleich vorspielen werde.

So wird versucht auszubrechen, weit weg zu fahren, in die Träume zu flüchten, in die Metaphysik, und zwar, um dem Zusammenprall mit der Vernunft, mit der Realität, auszuweichen, mit dem täglichen Leben. Um für so viele Probleme die Lösung zu finden, schleicht man sich davon und überläßt anderen die Verantwortung. Man wartet, daß irgend jemand kommt und uns befreit, uns errettet.

In alten Zeiten sang man in der Lombardei ein Lied, das ging so: »Non aspettar San Giorgio, non aspettar San Marco che ti vengono a liberar« – Wart nicht auf den Heiligen Georg, wart nicht auf den Heiligen Markus, ob sie dich befreien. Das Lied stammt aus dem 15. Jahrhundert. Sankt Markus war Venedig und Genua war Sankt Georg, was bedeutet: Die von dem Geschlecht der Sforza beherrschte Republik Mailand erwartete ihre Befreiung von den Genuesern und den Venezianern.

Das Lied warnt: Man muß sich selbst befreien, nicht auf Befreiung warten. Erinnert Euch, im sogenannten finsteren Mittelalter ergötzten die Menschen sich an »Erscheinungen«. Da erschienen Madonnen, diverse

Heilige, »Christkinder«, Gottväter mit schiefen Triangeln oder Christus am Kreuz, der umherflog, als sei er ein Drache.

Heute sind Heilige seltene Erscheinungen, statt ihrer gibt es die Ufos.

Die Ufos sind das »Warten auf Godot« von Beckett. In dieser Komödie warten zwei Clowns auf ein übernatürliches Wesen, das kommen wird, um all ihre Probleme zu lösen, auch die idiotischen und läppischen Probleme, und während sie warten, machen sie sich wechselseitig fertig, bleiben eingeschlossen, verloren.

Irgend jemand wird uns schon befreien, vielleicht Ufos, wer weiß. Niemals zuvor haben die Menschen so viele leuchtende Scheiben erblickt! Wer sieht die meisten Ufos? Die Polizei! Die Polizisten sehen Unmengen davon. Habt Ihr bemerkt, daß sie heutzutage meistens diese Haltung einnehmen: *Er steht wie ein Polizist in Habachtstellung, der nach rechts und links in die Höhe äugt.* Zu diesem Zweck hat man ihnen neue Visiere mit lauter Löchern gestiftet, damit sie die Mütze nicht abnehmen müssen. Die Zollbeamten sind ganz frustriert: Weil sie keine Ufos sehen. Ganz zu schweigen von der Verkehrspolizei.

In Erwägung, daß die Polizei den Staat repräsentiert, ist es meiner Meinung nach berechtigt zu sagen, daß der Staat selbst Visionen hat.

Zudem ist allgemein bekannt, daß die Ufos auch in unserem gesellschaftlichen Leben aufgetaucht sind, besonders im politischen Bereich, in bestimmten Gruppierungen, bei den Regierungsparteien wurden Ufos entdeckt, das ist belegt.

Der Ministerpräsident ist zweifelsohne ein Ufo. Denn für Ufos charakteristisch ist der Standortwechsel, weg, TUN ... PUM, da ist er, nein, da, morgen ist er weg, existiert nicht mehr, PEM ... da ist er wieder, du drehst dich um, PEM! ist immer noch da ... der Regierungspolitiker. *Er zeigt mit den Händen, wie eine fliegende Untertasse* *abrupt ihren Standort wechselt.* Andererseits, vom Körperlichen her, ist klar, daß diese Schaufeln *er zeigt mit den Händen zwei abstehende Ohren, wie Steuerruder* als Stabilisatoren dienen, wozu sonst? Die Ausbuchtung, die er hinten hat, ist wahrscheinlich eine Kapsel*, eine Kapsel, die ihn auf ein Zeichen hin TUM ... GUTT ... GUTT ... GUTT ... einhüllt und SCHUMM ... SCHUMM ... SCHUMM. *Er spielt den Zickzackstart eines Ufos.*

Nun, es gibt außer diesen metaphysischen oder transzendentalen auch noch Reisen geographischer Art, die letzte Reise vom Papst zum Beispiel, dem Papst, »der aus der Kälte kam«, wie man ihn sehr treffend genannt hat. Ein großer Sportsmann, ein außergewöhnlicher Skiläufer, Slalom.

Ich hab in einem Dokumentarfilm gesehen, wie Woityla Ski fährt**: Toll! Unglaublich elegant!

Rasendschnelle Abfahrt, ohne Skistöcke, damit er die Hände frei hat, um die Menge zu segnen. Ich weiß auch, daß er trainiert, Jogging. Als im Radio seine Komödie gesendet wurde, hat er erklärt, er würde an diesem Tag nicht joggen. Das ist großartig: Der Papst ist ein Mensch wie du und ich, und alle trimmen sich jetzt, aber er ist so gut organisiert, daß er keine Sekunde seines Lebens vergeudet. So wie einst Don Abbondio über Land wandelte und dabei im Gebetbuch las, so macht Woityla Jogging, begleitet von einer Mannschaft Rennpriester; er springt, bückt sich *Gramelot Gebet ... Agnus dei qui ... Amen etc.*, die anderen antworten: *Gramelot: vita mea, Halleluja ...*

Ganz großartig war seine Reise nach Mexiko. Ich hab sie im Fernsehen verfolgt, saß schon eine Stunde vorher

---

* Anm. d. Ü.: Im Originaltext heißt es Andreotti: Er hat abstehende Ohren und einen leichten Buckel, worauf Fo anspielt.
** Woityla: Johannes Paul II.

am Bildschirm. Das Flugzeug, eine DC 10, landete unversehrt. Das erste Wunder! Da erschien er, ein echter Athlet, hinreißend. Erst das Käppchen, ein roter Mantel, das heißt, er war rot gefüttert, bis auf die Füße, und schleppte am Boden: so. Er sah aus wie Superman, schwankte dann sogar nach hinten und hoppla: »Er fliegt, der Papst fliegt!«

Ich stellte mir die Indios vor, wie er über sie hinwegfliegt. WUMM … WUMM … ZUMM … FUMM *er spielt mit den Armen den Papst, der heftige Flügelschläge ausführt,* aber leider trat ihm von hinten so ein einfältiger Kardinal auf den Mantel und schubste ihn gleichzeitig in den Rücken, also wenn er nicht so ein Sportsmann wäre, wie bekannt … TUM … TUM … *Er zeigt einen Athleten, der unter extremen Bedingungen sein Gleichgewicht wiedererlangt.* Wenn Ford an seiner Stelle gewesen wäre, der amerikanische Stolperpräsident … erinnert ihr euch, wenn der das Flugzeug runterkam oder besser, die Treppe TIP … TAP … TAP … Hahaha! *Er spielt verheddern mit fallen beim die-Treppe-runterkommen, Schlußlache wie ein Clown.*

Dieser Spaßmacher wäre hinuntergestürzt; unser Papst jedoch klammerte sich sofort mit einer raschen Handbewegung fest. ZAM, war sein Hals aus der Schlinge … TACK, befreit, TIP … TAP … TAP. *Er geht wieder die Treppe hinunter.* Unten, am Ende der Treppe kreisten ihn die Fernsehkameras ein. BUMM: Er ist weg, die Erde hat ihn verschluckt! Hat sich der Gott der Mayas rächen wollen? Nicht doch, er hat sich rasch zu Boden geworfen, um die Erde zu küssen. Er hatte nämlich auf einem Bildschirm gesehen, wie Kolumbus die Erde küßt, und: ›Ich auch! Ich auch!‹ Aber mit einer Geschwindigkeit! Wie ein Hundertmeterläufer beim Sprint … TUM *er kniet sich blitzschnell hin* drückte er sein Gesicht in den schmutzigen Rasen, er hinterließ den Abdruck seines heiligen Gesichts. Das Schweißtuch der Neuen Welt!

Ich hatte den Verdacht, er wollte einen Kopfstand machen, TUM. Zumal ihr sicher bemerkt habt, daß er die Papstmütze weiter vorn trägt als üblich, außerdem ist sie mit Leder gefüttert. Der erste Ledernacken im Vatikan! Die Mitra dient ihm als Stütze für seine Kopfstände TUM ... FLUM ... den Segen spenden ... mit den Füßchen ... und fort, und die Indios glotzen.

Er hat zuviel Schwung. Dann erhob er sich voll Ungestüm, und beim Rückstoß flog ihm sein Kragen bis übers Gesicht, er machte sofort so: Mein Gott, die Sonne ist verschwunden! Immer wieder Furcht vor der Rache der Mayas. Tastete sich dann ab, begriff, schlug den Mantelkragen beiseite: »Kuckuck! Hier bin ich!«

Ihr habt's gesehn im Fernsehen: Er hat Kuckuck gemacht, man konnte es nicht hören, weil das Mikro zu weit weg war, aber es war genau die Lippenbewegung *er bewegt die Lippen;* danach stieg er in den Speiseeiskarren, habt ihr wenigstens das mitgekriegt, es war der klassische Karren vom Typ fliegender Eisverkäufer, ganz in weiß.

Ich hab gesagt: Natürlich, bei der glühenden Hitze dort wird er Eis verteilen an die Indios, mit einer Hostie drauf, eine Menge Eiswaffeln spendiert der. *Er stellt den Papst dar, der Eis verteilt.* Danach hat er die Rede an die Armen gehalten. Hat ungefähr folgendes gesagt, ich fasse zusammen: »Ihr Armen, bleibt brav und arm und macht keinen Ärger.«

Ich muß sagen, dieser blonde Papst gefällt mir nicht sehr, er gefällt mir sogar gar nicht. Ganz zu schweigen von gewissen Reden über die ptolemäische Gegenreform hat er sich sofort mit seiner Tirade gegen die Abtreibung entlarvt. Ganz besonders hat er sich entlarvt, als er anfing, Kinder abzuküssen. Ihr müßt wissen, daß alle Päpste als erstes frühmorgens das Kinderabküssen trainieren. Ein Papst, der Achtung genießt, muß zusehen, daß jedermann ausruft:

»Ei, wie schön der Kinder küssen kann!«

Erinnert Euch an Luciano*, den ›kurzen Papst‹, wie der Kinder küßte: Er war leider nur kurz dran, aber er war voller Zärtlichkeit, hob ein Kind hoch PUM ... Hähähä *er spielt wieder den lächelnden Papst, der behutsam ein Kind hochhebt, es küßt und absetzt* und legte es in sichere Hände. Aber der hier scheint am Fließband zu arbeiten *schnelles Spiel: er nimmt ein Kind, küßt es und wirft es weg, nimmt ein zweites, das nächste ...*, also wenn nicht diese als Priester verkleidete Rugbymannschaft wäre, die TUM ... TUM *er spielt im Flug auffangen* sich ins Tor wirft, gäbe es jedesmal zig Tote: Er müßte sich Herodes nennen. Und das mißfällt mir. Aber zurück zum Thema, das wir angeschnitten hatten: Das große Aussteigen, die Ausbruchsversuche, aufgeben und ironisieren der eigenen Kampfbereitschaft. Hierfür möchte ich einen Text verwenden, der uns überliefert wurde, und zwar die Übersetzung der historischen, wenngleich erfundenen Begegnung zwischen Ikarus und Lukian von Samosata.

Lukian von Samosata war einer der größten satirischen Poeten der griechischen Verfallszeit, im zweiten Jahrhundert nach Christus. Ein Erzähler, den die berühmten Autoren und Philosophen der Renaissance schätzten und erforschten ... ich erwähne nur Rabelais, den bedeutendsten satirischen Schriftsteller Frankreichs. Rabelais sagte, daß Lukian sein wahrer Lehrmeister sei; ebenso Voltaire, und vor diesem Erasmus von Rotterdam, der auf Lukians groteske Dialoge zurückgriff und ihn ins Deutsche übersetzte. Lukians Grundeinfall – er erfindet Gespräche mit Helden, mit Toten, mit Göttern – ist bei nahezu allen seinen Schriften Ausgangspunkt des Textes.

---

* Luciano: Johannes Paul I.

Bei der Geschichte, die uns interessiert, trifft Lukian sich im Totenreich mit Ikarus und bringt ihn zum Sprechen, indem er ihn provoziert. Er greift ihn an:

»Wahrhaftig, welch ein Tölpel mußt du zu Lebzeiten gewesen sein! Stimmt die Geschichte, daß du in deiner Überspanntheit den Sprung wagtest, um dann wie ein Verrückter zur Sonne zu flattern und dabei vergaßest, daß deine Flügel aus Federn mit Bienenwachs aneinandergeklebt waren, so daß durch die Hitze sich alles auflöste und du senkrecht ins Meer stürztest? Gerecht ist deine Bestrafung ... wenn es wirklich so war!«

Und der regt sich furchtbar auf.

»Wer hat dir bloß diesen Unsinn erzählt? Komm, ich erzähl dir die Wahrheit.« Und so kommt es, daß Ikarus uns seine Wahrheit erzählt.

Nun, für diese Übersetzung braucht es ein paar ausführliche Hinweise, um den Kern des antiken Mythos wieder ins Gedächtnis zu rufen, um an bestimmte Schlüsselsituationen wieder zu erinnern. Ikarus war, wie ihr wißt, der Sohn von Dädalus, und Dädalus galt im Altertum als einer der hellsten Köpfe. Die Tradition besagt, daß er es war, der für die Schiffahrt den Steuerkiel erfand und das dreieckige Segel, das ermöglicht, gegen den Wind zu segeln; so wird in den mythischen Märchen auf Kreta erzählt ... aber natürlich hat das nie jemand beweisen können.

Da wird auch behauptet, daß er die Mühle erfunden habe, inbegriffen das Räderwerk zum Mahlen; Dädalus soll das Verfahren, Bronzestatuen nach verlorenem Wachsmodell zu gießen, erfunden und ausprobiert haben, ein Verfahren, das Cellini dann im 16. Jahrhundert anwandte.

Unter anderem war er auch ein großer Architekt und Stadtplaner. Von ihm soll der Entwurf für »das Labyrinth« von Knossos stammen, eine von vielen Anlagen, die er erfand, um etwaigen äußeren Feinden das Eindringen zu verwehren. Benutzt wurde es jedoch als Gefängnis, in das Minos, der König von Knossos seine internen Feinde einschloß und dem Wahnsinn auslieferte. Ein weiteres von ihm erfundenes und konstruiertes Gerät, das gern vergessen wird, ist die »Kuhfalle« für den heiligen Stier.

König Minos von Kreta hatte eine so wunderschöne Frau, Persife oder Pasiphae. Diese Ehefrau also, die wißbegierig und sexuell emanzipiert war, verzehrte sich in Sehnsucht nach einem Stier. Einem heiligen, schneeweißen Stier. Ähnliche Stiere habt ihr auf Wandmalereien im Palast von Knossos gesehen, wo außergewöhnliche Auftritte von Mädchen dargestellt sind, die sich in der Arena dem Stier entgegenwerfen, ihn bei den Hörnern packen und sich dann wiederum vom Stier selbst hoch in die Luft schleudern lassen. Sie schlagen im Leeren Purzelbäume, kehren dann zurück auf den Stiernacken und lassen sich von neuem hochwerfen.

Der Stier, von dem die Rede ist, war das schönste Tier der königlichen Sammlung und wurde nur bei hohen rituellen Festen in die Arena gebracht.

Wie gesagt, die Königin verliebte sich in diesen Stier, er jedoch scheint den Ergüssen und Zärtlichkeiten, womit sie ihn bei ihren Besuchen im heiligen Stall bedachte, nicht entsprochen zu haben. Es ist übrigens nichts Neues, daß Stiere ziemlich moralisch, kurzsichtig und farbenblind sind. Daß sie rot sehen, ist ein Märchen. Es ist wissenschaftlich bewiesen, daß Rinder grau sehen und sonst gar nichts.

Der Stier weigerte sich nicht nur, die Herzensergüsse von Pasiphae entgegenzunehmen, sondern reagierte verdrossen, wehrte ab, kurz, sie ging ihm jedesmal schwer auf die Eier, die bekanntlich bei Stieren gut entwickelt sind. Die dickköpfige Königin beschloß, sich an Dädalus zu wenden.

Dädalus, Erfinder der unglaublichsten Maschinen und Fallen, machte sich sofort an die Arbeit, um die erotisch-sentimentalen Wünsche der Königin zu befriedigen: Er baute eine Kuh aus Holz, innen hohl wie das trojanische Pferd. In dieser Kuh soll die Königin dann bequem Platz genommen haben.

Ich will euch nicht ausmalen, welche Position die wollüstige Pasiphae eingenommen haben mag ... ein bißchen porno-gymnastische Phantasie habt ihr wohl auch ... aber übertreibt bitte nicht mit den phantastischen Verrenkungen, es handelt sich immerhin um eine Dame.

Die Kuh war mit echtem Fell verkleidet, das man sich natürlich von einer lebendigen Kuh geborgt hatte; wie diese auf das Fellabziehen reagiert haben mag, weiß ich nicht.

Die falsche Kuh war gegliedert und beweglich, die Einzelteile waren mit Gelenken verbunden, so daß, kaum daß ein Stier sich mit seinem Gewicht auf die Attrappe aufstützte ... die ganze Maschine zu zucken und zu schaukeln begonnen habe ... in einem erotischen Tanz ...

Am Rande sei vermerkt, daß der Stier bei dieser Vereinigung außerordentliche Befriedigung erlangte, mehr als er je bei einem jungen Rind gehabt hätte, desgleichen Pasiphae, die in der falschen Kuh saß. Sie wurde sogar schwanger! Gebar ein Kind mit einem seltsamen Kopf, einem Kopf wie ein Stierchen, mit richtigen kleinen Hörnern. Komplizierte Geburt.

Ein Schmeichler, ein Höfling am Königshof, sagte: »Ganz der Vater!« Minos war ziemlich empört, und es scheint, daß er dies zum Anlaß nahm, um Dädalus samt seinem Sohn einzusperren, und zwar genau in das Labyrinth, das Dädalus für die anderen konstruiert hatte.

Berühmte Historiker vermuten andere, wahrscheinlich politische Gründe für seine Gefangenschaft. Aber das interessiert uns hier nicht. Ich will vielmehr noch daran erinnern, daß der arme Stiermensch, der Minotaurus, ebenfalls in dies Labyrinth eingesperrt wurde, daß er in diesem Gefängnis aufwuchs; außerdem an

Theseus, der ebenfalls als Gefangener endete, dem es aber gelang, wie es heißt, dem Minotaurus den Kopf abzuschneiden, und der in der Folge herausfand, dank der Hilfe von Ariadne ... die mit dem Faden, mit diesem riesigen Knäuel.

Andere berichten, daß Theseus ganz im Gegenteil Ariadne dem Minotaurus auslieferte, um die Freiheit zu erlangen, und daß der Faden dazu diente, die kluge Ariadne in die Falle zu locken.

Dieser Bastard zog sie wie einen Fisch an Land, schnitt den Faden ab und ließ sie sitzen.

Das ist die zweite Version.

Und nun kommt die Aufführung. Ich habe eine ziemlich archaische Sprache benutzt, gehe aber von dem Dialekt aus, der meinem Wesen mehr entspricht, dem Dialekt der Poebene, derselbe, der verwendet wurde, um die Texte der mittelalterlichen Spielleute neu vorzustellen, bei den Aufführungen der Misteri Buffi, der Komischen Mysterienspiele.

Als Dädalus und sein Sohn Ikarus von König Minos eingesperrt waren in jener Falle, die Dädalus selbst entworfen und gebaut hatte, mit vielen Gängen, sinnlosen Irrgängen ringsherum, als sie gefangen waren in diesem Labyrinth aus Kanälen und mit Abgründen, die sich unvermittelt unter ihren Füßen auftaten und Feuer spien, Fallen und Sackgassen überall, und als sie vergebens darin umherschweiften wie Betrunkene, wer weiß wie lange, auf der Suche nach einem Ausgang, den sie nicht fanden, da begann Ikarus, der Sohn, auf seinen Vater zu fluchen. Unbedachte Worte, die nie ein Sohn gewagt hatte, seinem Vater entgegenzuschleudern, in derart gemeinem Tonfall.

»Gerechte Strafe ereilt dich, du schleimiger Kuppler von einem Vater!«

»Sag das nicht!«

»Ein Kuppler bist du, dessen Beschäftigung immer nur war, anderen den Hintern zu lecken, seinen Rücken zu krümmen vor allen Mächtigen, die ihn, König Minos, seine Frau und seine Priester umgeben. Und ich weiß genau, daß du so unterwürfig warst, sogar eine falsche Kuh zu bauen mit einer richtigen Kuh innendrin, damit sie sich schwängern und befriedigen lassen konnte von einem dumpfen Stier, den man verspottete.

Ich wette, du hast diesem Stier noch die Hoden gehalten, um ihr größere Befriedigung zu verschaffen, dieser Sau! Vater, du erleidest gerechte Strafe! Nun stecken wir in dieser Falle und finden nicht mehr heraus! Für andere Gefangene hattest du sie erbaut im Auftrag des Königs. Geehrt fühltest du dich, weil man es Dädalus genannt hatte, das Labyrinth. Hättest nie vermutet, du Hornochse, daß man dich eines Tages selbst hineinwerfen würde, ja, dich ... dich und mich, wie zwei Kanalratten. Ha, Ha, Ha, Ha, Trottel von einem Vater!«

»Oh, sag den Sternen Dank, daß wir gefangen sind! Daß du dir erlauben kannst, deinem Vater solch unverschämte Worte entgegenzuschleudern! Sei froh, daß wir im Kerker sind!«

»Trottel im Kerker!«

»Wir werden ja sehen, ob deine Zunge diese verwünschte Unverschämtheit wird bereuen müssen! Überzeugt bist du, daß ich unfähig bin, je hier herauszufinden? Daß ich eine Falle gebaut habe und nun selbst hineingeraten bin? Dann sieh jetzt gut zu und laß dich überzeugen, welch unerhörten Verstand dein Vater besitzt, denn ich erinnere mich an alles, was ich je erdacht, erbaut und errichtet habe. Jeden Stein, jeden Ziegel bewahre ich im Gedächtnis, im Kopf auf, keine Karte benötige ich, um die Wegstrecke zu rekonstruieren ... Später, wenn wir erst draußen sind, werden wir über den Trottel sprechen! Paß gut auf! Hier ist ein weißer Stein. *Er zeigt nach unten.* In diese Ecke habe ich den Mond eingeritzt, was bedeutet, dort drüben geht das bleiche Gestirn auf. Und hier hab ich die Sonne gezeichnet, die auf dieser Seite untergeht. Hier, in der Mitte, sind Kerben und Zwischenräume und Muster eingeritzt. Und weil nur ich allein diese Zeichen entschlüsseln kann, die ich zur Stütze meines Gedächtnisses einritzte, so kannst du überzeugt sein: Ich ritzte sie ein, weil ich genau voraussah, was geschehen würde: gefangen zu werden!«

»Aber nun laß uns beginnen. *Er spielt eine Wanderung auf der Stelle.* Geh vierzehn Schritte geradeaus, hier geht es lang ... eins, zwei und drei ... vier Stufen, nun diesen Gang entlang, vierzehn. Sind wir da? *Er hält sich mit einer Hand die Augen zu und geht wie ein Blinder.* Ich weiß es auswendig: Schau, sind hier nicht acht Stufen nach unten? Eine Treppe, ich kenne den Weg bei geschlossenen Augen, merk dir das.«

»Ja Vater, hier ist eine Treppe!«

»Geh acht Stufen hinauf ... eins, zwei, drei, vier, ich brauche nicht hinzuschauen *er spielt das Gehen immer auf der Stelle* ... acht ... nun kommt eine Tür!«

»Nein Vater! Eine Mauer.«

»Drück fest, so siehst du, es ist eine Tür.«

»Sie bewegt sich, Vater ... die Mauer dreht sich! Eine Tür! Sie geht auf! Vater ... entschuldige, daß ich dich Trottel genannt hab.«

»Über den Trottel sprechen wir später! *Er geht auf der Bühne umher, so daß man einen verschlungenen Weg vor sich sieht.* Eins und zwei, um die Ecke, hier geht's lang, steig die Stufen hoch, los, es sind vier ... eins, zwei, drei, vier. Dort ist eine Wand. Und hier ein Spalt in der Mauer.«

»Ich seh keinen Spalt, Vater.«

»Weil es dunkel ist, siehst du ihn nicht ... du mußt mit den Händen tasten.«

»Ja Vater! Ich hab den Spalt ... er ist sehr schmal.«

»Das ist mir bekannt, und nun bück dich, bück deinen Kopf, denn ich erinnere mich sogar, daß man sich bücken muß! Komm weiter! Wir gehen nun durch den tiefen Stollengang. Vorsicht bei dem Absatz, der nach oben führt: Zwölf Stufen in diese Richtung, eine in die andere, nun diesen Engpaß hinunter ... komm näher. Halt, bleib stehn! Das ist die entscheidende Stelle. Ein Gedächtnis wie meines gibt es kein zweites Mal! Kannst du dir einen helleren Kopf als mich vorstellen? Dort ist eine Tür!«

»Nein Vater, eine Wand. Soll ich drücken?«

»Nein! Dort muß eine Tür sein!«

»Nein, es gibt keine Tür!«

»Sie ist auf der anderen Seite! *Er legt verzweifelt seine Hände an den Kopf.* Was hast du gemacht? Du hast mich verwirrt, und ich habe zuviel geschwatzt. *Sehr rasches, etwa fünf bis sechs Sekunden lang dauerndes Gramelot von Dädalus. Er zählt die Schritte, mißt aus und versucht, den zurückgelegten Weg zu rekapitulieren.* Ich bin durcheinander geraten! Hab alles falsch gemacht, alles vergessen!«

»Vertrottelter Vater, vergeßlicher!«

»Später! Laß uns zurückgehn, die Stufen dort hinten ... voran ... da! Da liegt der Fehler! Dies ist die Stelle, wo ich mich irrte: Hier dreh dich um und geh dort lang, und hoch, ein, zwei, drei, viermal.«

»Vater, Vater, am Ende des Gangs ist der Ausgang!«

»Wirklich? Ich seh nichts ...«

»Doch, ich seh ihn genau. Danke, Vater, daß du mich hierher geführt hast! Verzeih mir den Trot ... Oh, das Meer! Ich sehe Säulen hintereinander, und Bäume, und ganz hinten das Meer, Vater, das Meer ...« *Er spielt, wie Ikarus läuft.*

»Warte!«

»Nein, folg mir Vater, komm her! Da hinten ist das Meer! Vater, das Meeraauu ... BONG!! *Er spielt, wie er mit dem Kopf heftig gegen eine Wand schlägt.* Verdammt, was ein Schlag! Meine Birne! Eine Mauer ist es!! Das Meer ist nur auf eine Mauer gemalt, mit Wellen und oben am Himmel Wolken! Hier sind die gemalten Bäume, nach hinten zu verkürzt! Und dann die Säulen, die Säulen, Vater, sind perspektivisch gemalt! Wer hat das gemacht?«

»Die Perspektive wurde von mir erfunden!«

»Trottel in Perspektive! Du Unglücksmensch, wozu hast du diese Falle erfunden?«

»Erzähl ich dir später. Wohlan! Im Irrtum liegt die Wahrheit! Du hast sie gefunden, bravo! Also elf Schritte rückwärts vom Meeresprospekt aus; von hier aus nach rechts, dann neben dem Kanal rechts, der Ausgang liegt dort!«

»Du hast recht Vater ... diesmal ist es keine Falle.«

»Bist du sicher?«

»Ja, es ist keine Täuschung: Am Ende des Ganges ist der Himmel zu sehen und der ist nicht gemalt! Wie hell er ist! Die Wolken ziehen vorbei, sie fliegen ... Vater, niemand kann Wolken malen, die sich bewegen! Vater!« *Er spielt wieder Ikarus, der rasend schnell läuft.*

»Warte.«

»Nein Vater ...«

»Warte!«

»Nein Vater ...«

»Warte!«

»Nein ... POANG! Was ein Schlag! *Er spielt, daß Ikarus wieder gegen eine Wand rennt.* Es ist Glas, ein Spiegel, Vater, ein Spiegel, der die Wolken am Himmel widerspiegelt!«

»Hab ich dich nicht gewarnt vor dem Spiegel?«

»Du sagtest nur: Warte!«

»Ich sagte: Warte, da kommt ein Spiegel!«

»Du Trottel und obendrein Lügner! Uffa, hab ich einen Schlag abgekriegt, Vater! Ich bin erledigt. Warum all die Fallen? Wozu hast du sie erfunden?«

»Für diejenigen, die man hier hineinwirft. Für die Gefangenen! Ich hab mir das ausgedacht und gebaut, damit sie verrückt werden. Sie sollen in jedem Moment hoffen können, den Ausgang zu finden, bei jedem Augenblick sich einbilden müssen, sie sind draußen, sie kommen raus, und dabei doch nur den Schädel anstoßen und schließlich wahnsinnig werden und von selbst ihren Kopf an die Mauern schlagen!«

»Und ausgerechnet mir passiert das ...«

»Wie konnte ich ahnen, im Gefängnis zu enden! Reg dich nicht auf. Sei vernünftig, wir finden heraus. Bald ist es soweit.«

»Vater, ich höre eine Frau singen, Vater ... Eine Frau ruft uns, eine schöne Stimme ...«

»Halt, verstopf dir die Ohren, hör ihr nicht zu!«

»Warum?«

»Es ist eine Falle. Auch die ist von mir: ein Gefäß, in dem Plättchen spiralenförmig angeordnet sind. Der Wind streicht durch die Löcher der Vase nach außen, und eine Frauenstimme erklingt ...«

»Und warum?«

»Um die Verzweiflung zu erhöhen! Weil nichts in dir so sehr den Wunsch erweckt, aus dem Labyrinth herauszukommen, wie die Stimme einer Frau. Sie verbindet dich mit der Außenwelt so, wie einst die Nabelschnur dich mit der Mutter verband. Hör nicht zu! Widerstehe! Widerstehe wie ein Mann! Wir finden heraus. Nimm diesen Stock, gib mir auch einen.«

»Was hast du vor?«

»Wir werden mit der Spitze des Stockes jeden Gang, jeden Weg kennzeichnen. Wir ritzen und kratzen überall, auch wenn es den ganzen Tag dauert, und hinterlassen überall Spuren. Wenn wir am Ende dann auf einen Korridor oder einen Weg stoßen, der nicht gezeichnet ist, so wird dieser letzte der Ausgang sein!«

»Bravo!«

Also brachen sie auf, zeichneten alle Kanäle, Korridore, Wege, Straßen und Treppen ... liefen überall umher; bis sie schließlich, nach zwei Tagen, zum Umfallen müde, wieder vor dem weißen Stein standen, mit der Zeichnung von Sonne und Mond.

Er spielt die verzweifelte Überraschung von Ikarus.

»Vater, wir sind an unseren Ausgangspunkt zurückgekehrt! Vater! Die Zeichen sind verschwunden, unsere Kratzspuren ausradiert!«

»Dreh dich um ...«

Von hinten kommt der Minotaurus auf sie zu, mit gesenkten Hörnern ... blickt sie wütend und böse an. *Er spielt den Minotaurus, der wutschnaubend auf sie zukommt.* Er hält einen Besen, mit dem er den Boden fegt, verwischt überall ihre Spuren.

»Vater, der Minotaurus!«

»Daß der noch lebt! Hat ihn Theseus nicht enthauptet?«

Er spielt jetzt den Minotaurus.

»Wer? Theseus? Er brachte mir seine Ariadne mit ihrem Fadenknäuel und ist entwischt, der Dummkopf! Und du? Bist du nicht Dädalus? Hast du nicht die Falle gebaut und meinen Vater übertölpelt?«

Er ist jetzt Ikarus, der sich an seinen Vater wendet:

»Noch so ein Trottel!«

Er spricht wieder den Minotaurus.

»Ja! Und dabei meine Mutter als Hure verhöhnt? Ah, endlich hab ich das Vergnügen, dich kennenzulernen, Dädalus! Nun kann ich in Frieden sterben!«

Ikarus stößt Dädalus heftig beiseite:

»Aus dem Weg, Vater! Er greift an! Weg, laß mich vor.« *Er schiebt Dädalus beiseite und steht nun an seiner Stelle. Spielt einen Lauf auf der Stelle.* »Komm her, komm Minotaurus ... Nimm mich auf die Hörner! Denn ich bin Dädalus!«

»Wo läufst du hin?«

»Zum Wandbild, zum Prospekt! Weg, Vater, laß ihn ganz nah herankommen ... Vater! POAMM.« *Er spielt, wie Ikarus im letzten Moment vor der Mauer beiseite springt und Minotaurus gegen die Wand prallt.*

Der Minotaurus prallt mit den Hörnern gegen die Mauer ... durchbricht sie, reißt sie ein und fällt in einen Abgrund. Er rollt immer tiefer in die Falle. Feuer lodert auf in der Tiefe ... WUAAA! Der Stiermensch fällt in die Flammen. Wie es stinkt nach Fleisch und verbranntem Horn! Gräßlich!

»Hahahaha ... Der Stier ist auf deinen großartigen Einfall mit dem Wandbild hereingefallen, Vater! Da ist ein Loch. Komm, Vater! Sieh mal, ein Ausgang!«

»Gut! Ja, ich erinnere mich ... Eine Treppe ist es, die auf den Turm führt.«

»Ein Turm?«

»Komm näher, geh nur! Es ist ein Wachturm, der einzige, der sich hoch über dem Labyrinth erhebt. Komm, steig, steig und steig, vorwärts. Da, mach die Tür auf. Von hier aus geht es hoch ... Heb deine Beine, geh schon, hopp! Mach, steig hoch, immer höher ... Stunden um Stunden. Endlich ...« *Er spielt, daß Ikarus sich oben aus dem Turm beugt.*

»Vater, wir sind am Ziel! Komm Vater. Oh, sieh nur, das ganze Labyrinth, die Gänge, die Kanäle, wie groß es ist!! Alles sieht man! Nur keinen Ausgang ... Keine Pforte, die nach außen führt! Vater, warum sieht man sie nicht?«

»Sie sind getarnt!«

»Wie getarnt?«

»Vor jedem Ausgang steht ein Spiegel. So sieht man die Mauer sich widerspiegeln, die Pforte bleibt verborgen.«

»Wer hat das erfunden?«

»Ich.«

»Vater ...«

»Halt. *Er ist außer sich und beschimpft sich selbst.* Trottel! *Schreiend.* Genug!«

Ikarus deutet mit dem Arm in die Ferne.

»Da hinten sind Felder, Vater ... Bäume und Wälder, oh, das Meer! Ich sehe eine Stadt! Sieh mal, dort sind Leute, die singen! Sie singen bei einem Begräbnis. Da, eine fliehende Frau! Schau, sie werfen mit Steinen auf sie ... töten sie! Schrecklich ... Weinende Menschen ... Kinder, die Hungers sterben ... Gefängnisse ... Wie voll die Gefängnisse sind! Die Richter! Sieh die Gehenkten! Es sind viele! Menschen werden verbrannt ... brennen!«

»Sind es Kranke?«

»Hör ihre Klagen, Vater! Riech den Gestank des Todes! Oh Jammer! Ich bin froh, daß ich in diesem Gefängnis lebe! Denn es ist gar kein Gefängnis! Das Gefängnis ist draußen! *Er gestikuliert wie verrückt.* Hier drin können wir frei herumlaufen, uns frei bewegen, von einer Straße zur nächsten laufen, ganz friedlich spazierengehen!«

»Hör auf, du bist außer dir! Du darfst nicht verrückt werden. Sei vernünftig, denk nach. Wir kommen heraus.«

»Vater, ich hab Hunger, ich sterbe! Ich bin so hungrig geworden, Vater!«

»Dann essen wir!«

»Was denn?«

»Vögel.«

»Und wie willst du sie fangen? Mit Steinen werfen? Oder anlocken?«

»Wir werden sie locken.«

»Wie?«

»Mit Glas, mit dem Spiegelglas der Fallen ... wir legen einen Spiegel auf den Boden ... nun der zweite ... gib mir noch einen, ja, den da, leg ihn hin ...«

Er spielt, daß sie am Boden Spiegel aneinanderreihen.

»Wozu?«

»Wir spiegeln den Himmel wider. Du wirst sehen, wie die Vögel dort oben beginnen, im Kreis zu fliegen und nicht mehr wissen, ob der Himmel oben ist oder hier unten, in der Tiefe ... Bis sie die Orientierung verlieren, umhertaumeln und TUM! Stürzen sie ab wie Steine.«

»So dumm sind die Vögel?«

»Bist du nicht mit deinem großen Menschenschädel gegen ein Glas geprallt, weil du in ihm den Himmel sahst? Und Vögel haben ein winziges Gehirn, im Vergleich! Sieh, da gerät der erste Vogel aus der Bahn! Er taumelt, dreht sich ... begreift nicht ... erblickt den Himmel erst unter, dann über sich ... nun muß er abstürzen ... er verliert die Besinnung, fällt und zerschellt! Komm her ... komm ... PFAMM! Der erste Dumme.« *Er spielt, daß er den Vogel packt.*

»Da! Der nächste!«

»Wie schön bunt seine Federn sind! Sieh, ein farbenprächtiger, schöner Vogel. Er kommt ... kommt! Ah, der wird schmecken! Lecker. Ha ... da ... ha ... POM! Dummer bunter Vogel! Laß uns essen.«

»Vater, ich hab keinen Hunger ...«

»Hör zu, mein Sohn, ich hab eine Idee: Die Vögel werden uns heraushelfen.«

»Ich weiß wie. Wir warten ab, bis sie ganz nah sind dann packen wir sie bei den Krallen ... eine Handvoll Vögel und auf geht's.«

Er spielt, wie er an den Vögeln hängend fliegt.

»Red keinen Blödsinn. Siehst du den Reiher ... den großen Reiher dort fliegen? Seine schönen Schwingen ... die kann ich gebrauchen. Komm, schön Gefiederter! Komm du schöner großer ... los, hopp ... hopp ... da ... er fliegt zu uns ... PAMM! Groß, dumm und ungeschickt! *Er spielt, daß er ihn einfängt. Gleich sieht er den nächsten Vogel.* Ein Adler, ein Adler ... König der Lüfte ... du schlauer Mörder ... wupp! Weg ist er! Kehr zurück und ... Hopp! Oho, hier lang ... PÄM!«

Er hebt den Adler auf und zeigt ihn seinem Sohn.

»Der König aller Trottel!«

Tagelang Gefieder ... Schwingen, Federflaum, lange Federn in allen Farben, spitze, dichte, breite werden aufgereiht, sortiert. Auf dem Boden ausgebreitet ... Dann suchen sie Hölzer ... schneiden Rohre zu in den Irrgängen. Suchen etwas zum Binden ... geschafft! Es geht los: Zuerst die längeren Federn mit Hölzern zusammenbinden, die Reihen verschränken, danach die leichteren Federn. Sie suchen etwas zum Kleben, Wachs, Bienenwachs. Entdecken in einer Mauer Bienenwaben, sie graben und finden mehr davon, nun binden und kleben sie, verbreitern, fertigen lange Flügel, zwei Flügel für Ikarus, zwei Träger, einen Gürtel. Ikarus ist soweit, steht mit seinen großen Schwingen auf der Mauer ...

»Es kommt Wind!«

»Auf, Ikarus, nur Mut! Ein großer Sprung! Knie nieder und jetzt ... spring!«

»Ich hab Angst Vater!«

»Fürchte dich nicht ... Wer Angst hat, lernt das Fliegen nie.«

»Ich hab Angst Vater, der Wind ...«

»Auf, stoß dich ab! Jaa ... gut so, jaaa ... POM!« *Er spielt den Aufprall von Ikarus.*

Seine Nase, sein Gesicht ist zerquetscht.

»Vater, ohne Schnabel kann man nicht fliegen ...«

»Recht hast du, Ikarus. Ich habe mich geirrt. Ein anmaßender Mann war ich, ein Aufschneider ... zu denken, man könne fliegen wie ein Vogel, den Bauch, das Gesicht nach unten ... denn so fliegen die Vögel! Wir aber sind Menschen! Und der Mensch muß mit dem Hintern fliegen!!«

»Ich versteh nicht.«

»Mit dem Hintern nach unten.«

»Was?«

»Wie beim Rudern! Wenn du das Meer bezwingst, dann nimmst du ein Ruder ... und schwimmst nicht! Um übers Meer zu fahren, braucht man ein Boot, ein Boot, das fliegt!«

»Gute Idee!«

»Natürlich, weil sie von mir stammt.«

Also bereiten sie Ruder vor, machen größere Flügel, ein Steuer ... Fußstützen, um besser abstoßen zu können, mehr Kraft zu haben ... ein langes Seil, das unter den Füßen hervorkommt ... und all die unteren Flügelrippen, von Seilen gehalten.

»Los, es ist soweit! Flieg sitzend!!«

»Vater ...«

»Los, rudern!«

»Ich hab ...«

»Keine Angst, falls du von dort oben abstürzt, setzt du dich bloß auf deinen Hintern und nicht auf die Nase! Flieg ... oh, der Wind ... Flieg! Rudere!«

»Vater, ich starte ... sieh, ich flieg los!«

»Los!! Kräftig rudern!«

»Ich rudere! Fliege! Wie schön!«

»Los!«

»Lebe wohl Vater!« *Er spielt, daß er Ikarus im Flug anhält.*

»Von wegen leb wohl! ich bin zwar vertrottelt, aber nicht ganz und gar!«

»Ich wäre zurückgekommen, dich holen!«

»Wer's glaubt ... Laß uns das zweite Flugboot bauen, für mich.«

Sie bauen sogleich ein größeres Boot für den Vater.

Vater und Sohn sind bereit, stehen hintereinander. Wind kommt auf!

»Mach, breite die Arme aus und ... Oeu ... kräftig rudern!« *Er begleitet die Ruderbewegung mit der Stimme.*

»Vater, ich fliege!«

»Ich auch ...«

»Vater, eu wie schön, Vater!«

»Rede nicht, flieg ... Oeu ... Hopp! Oeh ... Rudern! Los ... Oeu ... Halt, hör auf zu rudern ... breite die Flügel aus, damit uns der Wind trägt ... uns treibt ... spreize, spreiz deine Federn ... halte dich fest, um die unteren Flügel zu steuern ... drück den Steiß nach unten ...«

»Vater, oh ist das schön! Oh wie schön der Wind streicht ...«

Leise.

»Schlag nicht so hastig und denk nicht.«

»Oh mein Kopf ist ganz leicht ... wie im Traum fliege ich, wie betrunken, Vater!«

»Rudere ... mach ... Wind ist gut ... OEEH!« *Er spielt die Bewegung des Ruderns.*

»Vater, sieh hinunter; fliegen wir über die Mauern, nach draußen?«

»Nicht nach unten blicken!«

»Ja.«

»Wir überfliegen die Mauer! Die letzte Grenzmauer ...«

»Frei! Auf Vater, fort, wir sind frei ... OEH! Wir sind draußen!«

»Halt dich fest! Halt dich im sanften Wind, der Wind steigt vom Meer auf und träg uns ... dreh dich! Voran ...«

»Oh, Vater, schon wieder! Welche Stille! Klingendes Schweigen! Im Wind, der alle Flügel auf einmal erzittern läßt ... und die Federn, oh wie erfrischend!!! Ich habs ... es ist süßer als lieben, Vater!«

»Komm schon! Wir fliegen hinunter!«

»Warum?«

»Sieh, da unten liegt eine Stadt! Ein hübsches Städtchen mit friedfertigen Menschen ... flieg abwärts ... wir haben einen schönen und freien Ort gefunden, komm, komm mach ...«

»Vater ich möchte noch weiter fliegen! Laß mich, es ist zu schön!«

»Komm runter, zum Fliegen ist später noch Zeit! Komm ... komm ... Hopp ... OEH ... hör auf ... das Steißbein nach unten ... nach unten, ganz locker. Vorsicht, der Wind vom Meer bläst stark ... komm, laß dich gleiten! Da, dahinten auf die Wiese! Ja, ja, ja, mit den Flügeln, ganz locker! Komm, noch ein bißchen flattern! Noch mal, und hoch die Schwanzfedern! Spring! Komm, ja, laß dich fallen ... komm!« *Er spielt die Bodenlandung.*

»Fuh ... fuh ... fft. *Atmung.* Ach, Fliegen ist schön, Vater!«

»Wir sind da! Leg deine Flügel ab ... damit wir sie im Wald verstecken. So, bis wir sie das nächstemal brauchen! Komm, laß uns die Stadt anschauen.«

Sie gehen hin, begegnen singenden Menschen ... und Frauen, die tanzen ... Da, dort drüben, kommen ihnen Soldaten entgegen ...

»Die Soldaten knüppeln ... schleppen Leute fort ... zerren sie ins Gefängnis! Und dort bringen sie welche um! Schon wieder Kerker ... Menschen werden verbrannt! Dort sind die Richter! Dort die Erhenkten!! Nein!«

»Klagen und Jammer ... Oh Vater, eine schreckliche Stadt! Schlimmer als ...«

»Ja, lauf, weg hier! Komm, die Flügel im Wald holen ... Schnell, schnell, flieg fort ... Der Wind ... OEH ... rudere schneller!«

»Ja, Vater, fort! Oh schön, wir sind wieder in der Luft! Hab ich mich gefürchtet!! Das Meer, Vater, wir fliegen zum Meer hin!«

»Wir wollen versuchen, ans andere Ufer des Meeres zu fliegen.«

»Komm weiter! Komm ... wie schön, diese Weite ... OEH!«

»Flieg nicht so tief ... nicht zu nah am Meer, denn die Feuchtigkeit zerstört die Federn! Und nicht in die Höhe, nicht zu hoch, denk an das Wachs, es schmilzt an der Sonne ... Komm!«

»Vater, sieh dort, eine schöne Stadt! Eine Insel!«

»Laß uns hinfliegen.«

»Ja Vater.«

»Nicht gleich nach unten, wir überfliegen sie erstmal.«

»Sie ist schön! Dort sind Fischer ... siehst du die Bauern ... Da, auch hier gibt es Soldaten. Sie töten. Und volle Gefängnisse! Vater, laß uns fliehen! Schnell Vater, wir fliehen!«

»Nein! Flieg runter!«

»Warum?«

»Weil es sinnlos ist, nach einer neuen schönen Insel zu suchen ... wo alles in Ordnung ist und friedlich. Wo die Leute dich begrüßen, wenn du hinkommst: ›Guten Abend, komm, wir haben dich erwartet!‹ Nein, nie wirst du eine glückliche Insel entdecken, wo du nichts mehr zu tun brauchst! Wir müssen sie erschaffen ... mit den Händen im Dreck ... im Blut ... in der Scheiße ... reinsteigen müssen wir, und nicht fliehen ... und in unseren Träumen glückliche Inseln entdecken. Komm jetzt.«

»Nein Vater, nein ich mag nicht. Das ist nichts für mich, hingehen und leiden. Ich will den Lärm der Angst nicht mehr ... in der Luft will ich bleiben, will gleiten ohne Gedanken, wie im Bauch meiner Mutter will ich schaukeln. Ich spüre Freude ... fliege und fliege, mein Denken löst sich auf, fliege weiter, hänge an meinen Flügeln in einem klaren Traum und sehe weder Nebel noch Mauern ... vergesse fliegend Jammer und Schrecken, fliege fort, fliiiege ... träume ... fliege ...«

»Komm herunter! Flüchte nicht in den Traum!«

»Neiein! Ich fliege so schön!«

»Komm runter! Die Sonne brennt!! Brennt, Ikarus!! Ikaaruuuus! *Er spielt Ikarus' langen Fall und den schrecklichen Aufprall am Ende.* Ojeh! oeh ... Federn auf dem Meer, Ikarus untergegangen. Der Traum ... fliegen, fortgehen ... in den Traum fliehen ... träumend flüchten ... Tot!«

Isaaks Opfer

Abraham war ein so guter, so weiser und so freundlicher Mensch, so erfüllt von Liebe zu Gott, daß er auch bei der Arbeit betete. Er betete, während er auf dem Feld arbeitete und hackte:

»Gott, wie ich dich liebe, ich liebe dich so sehr, daß ich für dich alles ... alles tun würde, dir zuliebe! Gütiger Gott, wie ich dich liebe!«

Immer sang er zum Ruhme Gottes, auch wenn er oben auf den Bäumen sägte:

»ZUM, ZUM, Gott wie schön, wie schön, wie schön, wie schön! Alles hat Gott geschaffen, die Bäume und die Blätter, die Vögel und die Fische!« Und auch, wenn er Dämme baute, damit das Wasser über die Felder lief, sang er:

»Oh wie schön das nasse Wasser, oh wie prächtig, Gott, was für ein Geistesblitz!«

Und wenn er nach Hause kam, dankte er Gott für seine Frau, auch wenn sie immer schlechter Laune war, und rief aus:

»Ein Hundeleben!« Und dankte Gott für alle Kinder, die sie hatten, auch wenn sie plärrten und heulten:

»Gott sei Dank! Für den mit seinen Bauchschmerzen und für den mit den schlechten Zähnen. Gott sei Dank! Sieh, was für schöne Röteln, was für schöne Läuse du ihnen geschenkt hast. Es lebe die Krätze, weil Gott sie uns schickt!«

Wie liebte Abraham diese seine Kinder! Aber eines von ihnen liebte er Gott zum Ruhme am meisten, das war Isaak. Und dieser Isaak, oh, wie hat der an seinem Vater gehangen ... als wäre er seine Mutter! Immer hing er an seinen Hosen:

»Papa, Papa, ich möchte mitkommen zur Arbeit! Ich helfe dir!«

Schwitzte sich ab, brachte ihm Brot, goß ihm Wein ein, und jedesmal, wenn er im Wald einen Pilz fand, aß er zuerst ein Stück davon, um zu sehen, ob er nicht giftig sei, dann erst gab er ihn seinem Vater. Oh, es war eine Freude, ihn zu sehen! Dem Abraham kamen die Tränen vor Rührung über diesen Sohn, niemals wollte er ihn verlieren!

Ihr müßt wissen, daß zu jener Zeit, in der Antike, die Welt sich noch dichter am Himmel befand. Der Himmel hing niedriger, und zwar so nahe an der Erde, daß manchmal, wenn der Himmel bei Wind schnell vorbeizog, er so tief über die Erde raste, daß die ganze Luft zerriß! Die Cherubine, die in den Wolken drin waren, rieben sich die Hinterbacken, und von manch einem blieb nur der Kopf übrig, wie man es heute noch auf den Bildern sieht, rings um die Muttergottes!

Und tagtäglich sah man Gott, der zwischen den Wolken auftauchte und seine Schöpfung betrachtete, mit seinem großen Bart. Er lag mit den Ellenbogen auf einer dicken Wolke, als lehnte er sich auf ein Fensterbrett:

»Oh sieh nur, was für eine schöne Schöpfung ich geschaffen habe! Ich bin wirklich zufrieden mit mir ... da, was habe ich doch für hervorragende Arbeit geleistet! Dieses Meer! Oh wie prächtig! Ein glänzender Einfall von mir, das Meer zu erfinden. Oh, wieviel Fische. Ich wußte gar nicht, daß ich so eine Menge gemacht habe! Da schau, die Blumen und die Hornissen ... ein schönes ökologisches Gleichgewicht. Sieh mal, die Schafe! Was für schöne Schafe. Und Zicklein mit Hörnern ... Und der da, mit dem ellenlangen Zinken? Dem die Hörner aus dem Maul herauskommen? Ach so, ein Elefant. An welchem Tag hab ich den bloß geschaffen?! So was!

Und das daneben? Ein Mammut!!! Ekelerregend. Also bei der ersten Eiszeit kommt mir das weg!«

Aber wirklich außer sich vor Zorn geriet er, schlimmer als damals bei dem Streit mit dem Teufel, als er das Kamel erblickte.

»Wo hatte ich an dem Tag meine Gedanken? Ich war wohl betrunken. Am besten, ich zeige es niemand. Verstecke es lieber ... ich schicke es in die Wüste.«

Dann langweilte Gottvater sich, nach all der Schöpferei ... er hatte nichts mehr zu tun, und es wollte nicht Abend werden. Seine einzige Abwechslung war ein Besuch bei Abraham. Ach, wie gern er sich mit Abraham unterhielt!

»Oh grüß dich Gott, wie geht's?«

»Grüß dich, Abraham. Gut, und dir? Freust du dich über die Schöpfung?«

»Und wie, das war eine Mordsidee! Tagtäglich entdecke ich etwas Neues. Gottogott, hast du Ideen! Du spuckst Einfälle wie ein Vulkan!«

»Du liebst mich also?«

»Und wie ich dich liebe, mein Gott! Ich werde keinen Gott neben dir haben!«

»Oh Abraham, du machst mich glücklich!«

Ganz zufrieden verschwand der Herr flugs hinter den Wolken ... und tauchte am nächsten Tag wieder auf.

»Abraham!«

»Zu Befehl, Herr!«

»Liebst du mich?«

»Ja, lieber Gott, ich liebe dich sehr! Alles, sogar mein Leben würde ich dir geben. Für dich würde ich all meine Schafe töten ... und meine Frau auch, falls du mich darum bittest.«

»Ich bin sehr zufrieden mit dir. Machs gut. Mein Gott, ist dieser Abraham sympathisch. Ich werde ihn dreihundert Jahre am Leben lassen!«

Eines Tages, als Gott sich langweilte und nicht wußte, wo und wie sich die Zeit vertreiben, suchte er jemand zum Spielen, für ein Kartenspiel ... oder zum Würfeln. Die Menschen sollten das nicht erfahren, weil es für sie verboten war. Nun gut, er bat heimlich einen Cherubin, er möge den Teufel Luzifer rufen, um ein Spielchen zu machen. Ausgerechnet den!

»Luzifer, komm hoch, wir spielen eine Runde Skat ...«

»Ein Spielchen mit Gottvater? Unter Freunden, wie früher?«

»Von wegen Freunde. Ein Spielchen und basta.«

»Meinetwegen. Wer gibt? Um was wird gespielt?«

»Um gar nichts. Wir tun nur so.«

»Och, das mag ich nicht.«

»Ach, das magst du nicht? Aber bei dir gehe ich kein Risiko ein ... weil du ein Erzschelm bist, ein böser Teufel, ich kenn dich doch, du spielst falsch ... du mogelst mit dem Schwanz, den Hörnern und den Ohren.«

Sie spielen und spielen und spielen.

»Das macht keinen Spaß. Schluß jetzt, wir müssen um irgend etwas spielen.«

»Was wäre das?«

»Ooooch, weiß nicht ... die Schöpfung!«

»Hahaha *Gott lacht* ... die Schöpfung! Kommt nicht in Frage. Das ist meine Schöpfung, die hab ich selber gemacht. Mich lieben alle, sämtliche Menschen mögen mich gern, wirklich!«

»Was, alle, alle ... du übertreibst!«

»Alle! Wollen wir wetten?«

»Wetten?«

»Zum Beispiel Abraham. Der würde sich vor Liebe für mich umbringen! Er wird keinen Gott außer mir haben!«

»Pf, Pf, Pf, das sagt er nur, um sich einzuschmeicheln.«

»Nein, er liebt mich tatsächlich. Er würde jeden umbringen, auch sich selbst, wenn ich ihn darum bitte. Wetten?«

»Na gut. Sag ihm, er soll Isaak, seinen Lieblingssohn, für dich umbringen, wie ein Ziegenlämmchen.«

»Weshalb soll ich das von ihm verlangen?«

»Ich denke ... er liebt dich!«

»Wollen wir wetten?«

»Ja, die Wette gilt.«

»Gut ... ich wette, aber wenn ich gewinne, werde ich dich mit solcher Wucht hinunter in die Hölle stürzen, daß du dich durch die ganze Erde bohrst und auf der anderen Seite herausgeschossen kommst wie ein Korken aus der Flasche ... Peng! Und wenn du gewinnst, sollst du neben mir herrschen ... sogar über mir! Über die ganze Schöpfung! Und ich will keinen anderen Teufel neben dir haben.«

»Abgemacht. Die Wette gilt!«

Gott lehnte sich wieder auf eine Wolke. Er sah Abraham singen.

»Abraham!«

»Mein Gott!«

»Hab ich dich erschreckt?«

»Was gibt es?«

»Sag, liebst du mich?«

»Ja.«

»Bist du bereit, alles, alles für mich zu opfern?«

»Alles, was du willst!«

»Alles? Opferst du auch, was dir am liebsten ist?«

»Was denn?«

»Isaak.«

»Warum?«

»Ich denke, du liebst mich ...«

»Aber ja doch ... sieh mal, ich opfere dir alle Ziegen, die Schafe, sämtliche Hühner ... einen Hahn! Ich gebe dir einen Hahn ... nein, zwei Hähne und vier Hasen ...«

»Nein! Isaak!«

»Alle Hähne, die Hühner, die Eier und die Frau ...«

»Isaak!«

»Isaak?«

»Liebst du mich?«

»Ja. ich hab dich lieb, aber warum ausgerechnet Isaak? Er ist so jung ... Ich opfere dir meine Mutter, drei Ziegenlämmchen, ein Ferkel, zwei Kühe und meine Frau!«

»Isaak!«

»Also gut, meinetwegen ...«

Er geht weinend von dannen und ruft Isaak:

»Isaak!«

»Hier Papa, hier bin ich! Ich komme schon, ich komme!«

»Komm mit. Hol ein Bündel Reisig, ein großes Messer. Gib das Messer her ...«

»Wo gehen wir hin? Spazieren?«

»Ja, spazieren ...«

»Aber warum bist du so wütend?«

»Ach was, ich bin schlechtgelaunt, weil ich Probleme hab.«

»Bist du etwa wütend auf mich?«

»Aber nein, ich hab dich lieb, hab dich sehr, sehr lieb! Und jetzt Schluß mit der Fragerei, sonst werd ich wirklich wütend. Laß uns gehen.«

»Was hast du bloß? Du siehst so böse aus ... ich hab Angst vor dir.«

»Gehn wir, gehn wir, gehn wir an die Arbeit. Komm, mach ein fröhliches Gesicht, gib mir einen Kuß und laß uns gehen!«

Schwitzend laufen sie weiter und kommen auf den Berg. Abraham blickt zum Himmel. Da ist Gott.

»Mein Gooott! Muß das sein?«

»Es muß sein!«

»Also gut ... sch ...! Komm her, Isaak, genau hierher, vor den großen Stein hier. In die Knie. Ich muß dich Gott opfern. Alles, was von Gott kommt, ist richtig ...

keine Widerrede! Egal was kommt ... auch wenn es dir ungerecht erscheinen mag, oder schlecht ... und wenn es der Tod ist, du mußt sagen: ›Danke, lieber Gott!‹ Denn alles ist gerecht und muß ohne Widerrede hingenommen werden. Ich, dein Vater, muß dich umbringen. Runter mit dem Kopf, runter! Gott, ich bringe dir dies furchtbare Opfer, mein Gooott!«

Schon erhebt er die Hand mit dem Messer. Da kommt die Hand eines Engels:

»Halt ein!« Krack, hält seine Hand still!

»Was ist?«

»Te te te, das langt!«

»Was geht hier vor?«

»Gott hat gewonnen!«

»Was heißt gewonnen?«

»Er hat gewettet!«

»Gewettet?«

»Ja, Gott hat gewettet, daß du aus Liebe zu ihm deinen eigenen Sohn umbringen würdest.«

»Mit wem?«

»Mit dem Teufel!«

»Mit dem Teufel? Das hat er ... wegen mir? Gooott! Mein Gooott!«

Von Wolke zu Wolke hallte seine Stimme wider:

»Gooott!«

Und von diesem Tag an wurde Gott nie mehr gesehen.

Sein Sohn Isaak wurde leichenblaß, war quittengelb und vollgeschissen, denn er hatte sich vollgemacht ... und murmelte immer wieder vor sich hin:

»Er hat gewettet! Gewettet! Mein Vater wollte mich umbringen! ›Mach kein böses Blut‹ – hat er gesagt – ›alles, was uns auf den Kopf fällt, kommt von oben und hör auf, nach Gründen zu suchen. Du mußt es hinnehmen, ohne zu klagen ... mußt dich sogar drüber freuen und darfst nicht darüber nachdenken.‹ ... Alles, was uns widerfährt, ist gerecht? Na gut!«

So schaute Isaak ihm nach und blieb oben auf dem Berg, wie versteinert, während Abraham hinunterstieg. Isaak, der Sohn Abrahams, hatte seinen Vater gern ... er ergriff einen schweren Stein und ...

»Vater! ... Abraham! ... Vorsicht!« PROFF! Genau am Kopf hat er ihn getroffen ... und das Blut floß ...

»Was ist in dich gefahren Isaak?«

»Mach kein böses Blut, Vater! Was auch kommt, es kommt von oben ... es geschieht dir zuliebe! Freu dich und denk nicht darüber nach!«

Wer den Tiger hat
Nachsatz

Lob und Dank

In Zeiten wie unseren, in denen Millionen Bücher ihr kurzes Leben schon nach einer Saison, einer Messe im Frühjahr und einer im Herbst aushauchen, sofern sie nach dem ersten Lebensjahr nicht kräftig genug waren, sich ellbogenmäßig in diversen Regalen gegenüber zahllosen Konkurrenten durchzusetzen, bedeutet die Neuauflage oder Wiederausgabe einer zum ersten Mal 1980 erschienenen Übersetzung eine wunderliche Ausnahme von der Regel.

Und da uns heutzutage Regierungspolitiker und Staatspräsidenten unentwegt einreden, daß die alten Werte wieder hochgehalten werden sollten, will ich einen nahezu verschwundenen Wert ausdrücklich hinzufügen und loben; nämlich den der Treue eines kleinen Verlags zu seinem Autor. Das gilt für den anno 94 im kapitalistischen Buchmarktwellengang samt der »Geschichte einer Tigerin« (1980) abgesoffenen Basis Verlag, wie für Rotbuch, das seit der Erstausgabe der Farce »Bezahlt wird nicht!« (1977) den Komödienschreibern Dario Fo und Franca Rame durch die Wechselfälle der Jahrzehnte treu blieb und alle Jahre wieder neue Fo-Rame-Texte, also Übersetzungen, ins Programm nahm und nimmt. Darunter die Wiederausgabe dieser vier Erzählungen oder Monologe für Schauspieler, von denen hier die Rede sein soll.

Gottvater hat dich reingelegt!

Drei der Texte, neben der Titelgeschichte die Erzählungen nach den apokryphen Evangelien, sind in der zweiten Hälfte der siebziger Jahre entstanden und wurden von Fo seit 1979/80 immer wieder in abgewandelter

Form aufgeführt. Insofern spiegelt diese nach der italienischen Buchfassung 1980 entstandene Übersetzung die Urform oder Grundstruktur der erwähnten Texte. Jedoch ist das Manuskript nicht am Schreibtisch entstanden und anschließend zur Aufführung gebracht worden. Im Gegenteil, der Schauspieler Fo hat das Stück wieder und wieder aufgeführt, und schließlich den Text aufgeschrieben. (In Dario Fo, »Kleines Handbuch für Schauspieler«, Verlag der Autoren 1989, S. 218 bis S. 249, kann man eine Spielanleitung nachlesen.) Bei der »Tigerin«, der Geschichte vom Jesuskind sowie »Dädalus und Ikarus« fällt besonders die Zweiteilung in Vorrede und Stück auf. Vorrede und Stück bilden eine Einheit, warum, dazu später, und sollten zusammen aufgeführt werden. Bei deutschsprachigen Aufführungen wird die Vorrede leider oft geschnitten. Im Italienischen unterscheiden sich die beiden Teile auch sprachlich. Nach der Vorrede setzt Dario Fo für das eigentliche Stück eine erfundene Sprache ein. Eine Mischung aus oberitalienischen Dialekten bis hin ins Provencalische, mit mittelalterlichen Einsprengseln und onomatopoetischen, also lautmalerischen Stimmgeräuschen, wozu auch sein vor allem bei Aufführungen im Ausland extensiv angewandtes *Gramelot* gehört. Derartige Feinheiten kann eine hochsprachliche Übersetzung nur andeuten.

Der vierte Text, »Isaaks Opfer«, ist früher entstanden und geht auf die fünfziger Jahre zurück, als Fo mit »Poer nano«, einer Serie von Hörspielmonologen, 1952 per Radio zum ersten Mal einem größeren Publikum bekannt wurde. »Poer nano« umfaßte alle möglichen Mythen in Geschichte und Literatur, von Julius Cäsar über Hamlet und »Caino ed Abele« (Kain und Abel), wobei die schulischen und bürgerlichen Bildungsinhalte auf den Kopf gestellt wurden. Die populäre Reihe wurde nach 18 Folgen unvermittelt eingestellt. Einige dieser Monologe basieren auf den Erzählungen, die Dario Fo als Kind von den Geschichtenerzählern (fabulatori) am

Lago Maggiore gehört hatte. So die Geschichte von Isaaks Opferung, in der Isaak mit seinem Vater darüber diskutiert, ob es denn zweckmäßig sei, Gottes Gebot zu gehorchen und sich wie ein Ziegenlamm den Kopf abschlagen zu lassen.* Immer wieder kehrt Fo in seinem opulenten Werk, das bislang rund siebzig Komödien und Farcen umfaßt, zu seinen Anfängen zurück, getreu seinem Lieblingszitat: »Wenn du nicht weißt, woher du kommst, kapierst du schwerlich, wohin du gehen wirst.« (Gramsci)

Geboren 1926 in San Giano, einem Dorf in der Nähe des Lago Maggiore, Provinz Varese, als Sohn eines Eisenbahners, der als Stationsvorsteher mit seiner Familie häufig umzog, und einer Mutter bäuerlicher Herkunft, Pina Rota, deren Vater »fabulatore« war, erinnert Fo seine Kindheit als eine sich wiederholende »Flucht nach Ägypten«. Heute bereist er als der berühmteste lebende komödiantische Schauspieler und Autor Italiens »attore – autore comico« alle Erdteile. Die Wurzeln seiner künstlerischen Entwicklung liegen, wenn man ihm zuhört, bei den Erzählern vom See. Immer wieder kehrt er in die Landschaft um den Lago Maggiore, wo er aufgewachsen ist, zurück.

»Wenn ich in den Obszönen Fabeln** die Geschichte von Lucius und dem Esel erzähle, dann versuche ich nicht, mir ein imaginäres Bild vom Hellespont zu machen, von Samos oder Thessalien. Nein, ich bin mit meinem Dorf verbunden, bin in seinen Straßen, an den Flüssen der Lombardei, in den vertrauten Wäldern: Berge, Himmel, Wasser sind immer da, wo meine eigene Geschichte spielt.

Egal, ob ich in den Obszönen Fabeln vom Gebirge erzähle oder von dem chinesischen Tiger und von Tibet

---

* Nach Chiara Valentini, »La storia di Dario Fo«, Milano 1977

** Verlag der Autoren, 1992

mit seinen Flüssen und ungeheuren Kavernen und Höhlen, von der schreienden Medea und dem Flug auf dem Zauberwagen, nie entferne ich mich vom See, von den Tälern und Flüssen, wo ich geboren bin, und wo ich die ersten Geschichten erzählt bekam.«*

Von den Erzählern, oft waren es Fischer, lernte er den Umgang mit dem zuerst unverständlichen Dialekt, dessen Struktur er in seine Theatermonologe übernahm; er lernt, in Variationen zu erzählen, die eine sich ständig verändernde Realität ebenso wie die Zuhörer mit einbeziehen. Daraus entwickelt Fo seine eigene Erzähltechnik und Darstellungsform. Er legt Wert darauf, nicht von der historisch dokumentierten, literarischen Kultur herzukommen, sondern von der nur mündlich überlieferten, rezitierten, volkstümlichen Kultur Norditaliens. Hier setzt auch seine Forschung nach dem, wie er es nennt, »archaischen Ursprung« überlieferter Erzähltexte an. Als Resultat beginnt er ab 1968 sein mistero buffo, »Komisches Mysterienspiel«** zu schreiben und aufzuführen. Schließlich entdeckt er in den Erzählungen der *fabulatori* das Verhältnis von Raum und Zeit und das System der Vorerzählung, also die Technik der Annäherung an das Publikum, die Einführung.

»Sie hatten es raus, in die eigentliche Erzählung alle möglichen Dimensionen und Situationen mit einzubeziehen, sie jedesmal anzupassen an aktuelle Ereignisse draußen und hier, bis hin zum Klatsch am Waschhaus. Sie vergaßen auch nie, wie wichtig die Anwesenden, die Zuhörer sind. Alles haben sie benutzt, nur um die Geschichte lebendig zu machen und zu variieren. Da gab es zum Beispiel einen, der oft und gerne Billard spielte. Billard, das war sein Ort, seine Bühne. Er nahm einen Satz, den sein Gegenspieler hinwarf, zum Anlaß, das Spiel zu

* Zitiert nach »Dario Fo, Dialogo provocatorio sul comico, il tragico, la follia e la ragione con Luigi Allegri«, Bari 1990
** Verlag der Autoren, 1992

unterbrechen, und die Erzählung begann. Er ging um den Tisch herum, beobachtete die Kugeln und erzählte im gleichen Tempo, nahm die Pantomime des Spiels auf. Das Spiel hörte auf zu existieren, bis auf seine Geschichte. Dieser Billardspieler hieß Bratel, ein großer, magerer Typ mit Hosenträgern und stets im Arbeitskittel. Er spielte unentwegt, ließ das grüne Tuch nie aus den Augen und nie den Queue los, der, während er erzählte, zum Schwert wurde, zur Lanze, zum Stock, er war eine Frau, eine Geige, ein Musikinstrument, alles.«*

Die Vorrede vor Publikum besitzt eigene Inhalte und hat eine eigene Form. Kein Erzähler, kein guter Komödiant, so Fo, sagt zu Beginn »ich will euch von dem und dem erzählen«. Deshalb beginnt auch die commedia dell'arte oft mit einem Ereignis vor der Bühne. In »Anläufen« wendet sich Fo zu Beginn der Vorstellung an das Publikum im erleuchteten Saal, wobei jeder Vorwand recht ist: »Sie kommen ziemlich spät«, sagt er, oder: »die Dame da hinten hat ihren Platz noch nicht gefunden«. Oder er redet mit den Technikern über die Einstellung seines Mikros. Das Klischee »ich bin hier der Zuschauer« soll zerstört, das Publikum von der Erwartung »bring mich zum Lachen« weggeholt werden. Häufig benutzt er als Einführung einen aktuellen Anlaß: »Habt ihr gelesen, was in der Zeitung stand?« Das Publikum wird durch einen Überraschungsangriff umgepolt. Statt einer Geschichte über die alten Griechen bekommt es etwas zu hören über die Algenpest: »Wie das Fernsehen soeben berichtet hat, ist das Wasser der Adria hervorragend als Trinkwasser geeignet.« Von diesem Aufhänger aus nähert er sich ganz sachte dem Thema der Vorstellung.

»Es besteht die Gefahr, daß sich beim Zuschauer die Haltung verfestigt: Bring mich endlich zum Lachen; und er findet das Resultat enttäuschend, fällt sein Urteil: ›Ist

---

* Aus: Dialogo provocatorio

das alles? Bloß deswegen soll ich lachen? Ist das amüsant genug, um zu lachen? Ich dachte, er sei viel besser.‹«* Diese Technik bewirkt auch die Aufhebung der »vierten Wand«.

So lockt der Komödiant sein Publikum aus der zurückgelehnten Haltung im bequemen Sessel zu sich, zu den Bildern und Vorstellungen, die er auf der Bühne entwickelt.

Was geht mich der Papst an?

Angefangen mit den biblischen Geschichten des »poer nano« über das »mistero buffo« beschäftigt sich Dario Fo bis heute mit der Rolle der Kirche und der Geschichte der Päpste. Nördlich der Alpen löst das manchmal Unverständnis aus, ganz so, als sei das Christentum samt anderen Religionen hierzulande eine Größe, die vernachlässigt werden könne. Freilich verfremdet Fo die überlieferten religiösen Inhalte ins Groteske, und die irdischen Repräsentanten der Kirche bis hin zum »Stellvertreter Gottes« auf Erden dienen vor allem als Zielscheibe für Spott und beißende Kritik. 1990 spielte er in seiner Komödie »Der Papst und die Hexe«** den Papst, und ließ sein Kostüm in Rom in der Schneiderwerkstatt herstellen, die für den Papst arbeitet.

»Für mich ist dieser Papst die Gesamtheit einer Reihe von Päpsten, eine Synthese vieler Personen, aber natürlich steckt auch Woityla mit drin, als eine Persönlichkeit die lebt und uns sehr nah ist. Mit der Rolle des Papstes hatte ich enorme Schwierigkeiten«, erzählte Fo mir damals. »Vor allem war ich besorgt, nicht den Polen zu spielen, nicht gewisse Eigenheiten Woitylas nachzuahmen, nicht mit slawischem Akzent zu sprechen, kurz, nicht niveaulos zu werden. Wenn du eine Karikatur lieferst, sinkt sofort das Niveau.

---

* Aus: Dialogo provocatorio

** Verlag der Autoren, 1992

Ich bewege mich so, wie sich meiner Ansicht nach ein Papst bewegen sollte, das heißt, ich habe viele Haltungen und Bewegungen von vielen Päpsten im Gedächtnis, die ich versucht habe zu bündeln.

Ich habe mich auch vor einem oberflächlichen Antiklerikalismus gehütet, und um das zu verdeutlichen, mache ich sogar eine Art selbstironische Bemerkung, wenn ich auf den Kardinal einen Pfeil abschieße.«

Als ich ihn noch einmal frage, aus welchem Motiv heraus er, angefangen bei Bonifaz VIII. im »mistero buffo« immer wieder einen Papst darstellt, antwortet Fo:

»Weil er der große Gegenspieler ist! Ist doch nicht auszuhalten! Wenn du den Fanatismus bedenkst, der bei bestimmten Anlässen zum Vorschein kommt, wo man die Religion als Symbol für Freiheit und Gerechtigkeit hinstellt! Und zweitens, weil es die *andere* Kirche gibt, den Kommunismus, der wirklich eine Kirche ist, mit seinen Dogmen und Vorschriften, antidemokratisch und hierarchisch bis auf die Knochen. Der hat bewiesen, er ist noch viel antiker als die katholische Kirche. Es ist wirklich paradox, wie hier das Mittelalter gegen den Humanismus, den Aufbruch der Moderne gesiegt hat.«

Beim Stichwort »Personenkult« fällt mir ein, wie sich 1990 eine etwa gleichaltrige Verehrerin Fos im Gewerkschaftshaus in Cremona zu Wort meldete: »Damals, im Fernsehen, 1962, bei ›Cazonissima‹, da waren Sie für mich ein Gott.« – »Ein sozialistischer Gott, vielleicht ein kleiner Ceauşescu?« fragte Fo listig zurück. Seit Ende der sechziger Jahre durchzieht seine Stücke wie ein roter Faden die Kritik an der PCI und der PSI, der sozialistischen Partei Italiens, und an den stalinistischen Irrwegen der Staaten des Ostblocks, das heißt, er hat jeden politischen Dogmatismus aufs Korn genommen zu einer Zeit, als sich die westdeutsche Linke noch in allerlei dogmatische Gruppen und Grüppchen zersplitterte. Solchen Anführern der »proletarischen Avantgarde« wirft er ihre Dumpfheit vor, den Mangel an intellektueller Beweglichkeit und vor allem an Humor.

In seinen Exkursen über »die Komik, das Komische« in der Kunst beharrt Fo auf der aufklärerischen Funktion der Komik. Sie bilde die Grundlage jeder Vernunft. Er zitiert Walter Benjamin: Wären die Deutschen gewitzter gewesen, dann wäre ihnen aufgefallen, wie komisch sie sind, und wir hätten den Nazismus nicht gehabt, und fährt fort:

»In dem Augenblick, in dem das Gelächter vergessen wird, stirbt die Vernunft den Erstickungstod. Die Ironie ist der durch nichts ersetzbare Sauerstoff der Vernunft. Es gibt diese berühmte Paraphrase von Benjamin, ein Wortspiel über den Satz von Goya. Statt ›der Schlaf der Vernunft gebiert Monster‹ sagte er: ›Der Schlaf der Ironie gebiert Monster – die dann in den germanischen Schulen unterrichten.‹«*

Über das riesige Bedürfnis der Deutschen zu lachen

Ende der siebziger Jahre eroberte Fos Theater sich auf den deutschsprachigen Bühnen die Herzen der 68er Generation, wurde auch hier, in der Schweiz, Österreich, ja sogar in der DDR zur Galionsfigur eines politischen, eingreifenden, provozierenden – und auch noch unterhaltenden Theaters. In den achtziger Jahren wird Fo, auch durch die zusammen mit Franca Rame verfaßten Stücke, bei uns zum meistgespielten Gegenwartsautor. Wie erklärt er sich diesen Erfolg, ausgerechnet im deutschen Sprachraum?

»Alles in allem bin ich Deutscher«, antwortet er. »Ich bin schließlich Langobarde, die Langobarden kommen aus Deutschland, genau gesagt aus dem Norden Deutschlands, und von daher gibt es offenbar eine regelrecht atavistische Parallele. Das meine ich natürlich nicht ernst. Kulturell gesehen bin ich Italiener, und der

* Aus: Dialogo provocatorio

Stil, alles, was ich erzähle, kommt aus Italien, aus der Kultur des Mittelmeerraums.

Ich kann mir nicht vorstellen, welchen besonderen Grund dieser Erfolg haben könnte. Ich denke, er hängt sicher damit zusammen, daß die Texte gut übersetzt wurden. Die Übersetzung spielt eine große Rolle. Außerdem, es gibt Dinge, die können nur die Deutschen begreifen. Ihr kennt Italien gut – ich kann mir den Grund dafür nicht vorstellen.

Vielleicht ist es die spöttische Machart, die Ironie, die Groteske, wonach die Deutschen ein riesiges Bedürfnis haben. Ich spüre, die Deutschen haben es nötiger zu lachen, als wir Italiener. Wir Italiener lachen häufig, es gehört zu unseren Sitten und Gebräuchen. Vor allem die Toskaner, sie können nicht anders, als stets alles Ernsthafte zu zerstören – um eine Art Gleichgewicht zu schaffen, aus einer Art Scheu heraus. Es ist die Scheu. Ein Gelächter zerstört das Verhängnis, zerstört unumstößliche Regeln, zerstört die Dogmen. Deshalb, glaube ich, spürt dieses Volk das Bedürfnis zu zerstören, ein, ich sage mal so gewissenhaftes, angepaßtes Volk wie das deutsche, das Gesetzen, Regeln, politischen Statuten regelrecht hörig ist, und moralischer Konditionierung – das hat vielleicht ein noch größeres Bedürfnis zu lachen als wir Italiener.

Ja, bei den Deutschen ist sicher ein tiefes Bedürfnis nach Ironie und Satire vorhanden. Wenn du die Geschichte des Theaters studierst, dann entdeckst du, es gab einmal Hunderte, Tausende Komödianten, Leute, die die Tradition der Ironie pflegten, großartige Clowns und Spielleute – Hohn und Spott, Ironie und Sarkasmus gehörten einfach zur antiken Form. Dieser Spaß am Gelächter hat nachgelassen, oder? Scheint mir ein aktuelles Phänomen zu sein, während England, Frankreich, Italien, Spanien eine Menge Komödianten aufzubieten haben, groteske Theatertruppen, ironische Inhalte – existiert auf deutscher Seite dieser Mangel. Bei uns hat es zig

Komödianten gegeben, großartige Leute – die Komödianten waren wichtiger als die Tragödienspieler. Bei euch waren die Tragiker wichtiger als die Komödianten.«

Frage: Du meinst, seit Gottsched und Lessing im 18. Jahrhundert ...?

»Man darf nicht vergessen, daß Deutschland das Land und der Boden war, auf dem Harlekin verbrannt wurde.* Der Hanswurst, die Komödie waren verhaßt, aber der Haß ging von der Macht aus, denn das gehört zu ihrer Natur, nicht vom Volk. Du kennst die Geschichte? Wie ein paar Schauspieler, wo, weiß ich nicht genau, den Hanswurst symbolisch verbrannten, um zu demonstrieren, daß sie von der commedia dell'arte die Nase voll hatten. Nicht aus Haß gegen das Komische an sich, sondern aus Haß auf das Improvisieren, auf die Berufskomödianten, die Masken und alles, was damit zusammenhängt.«

Frankfurt 1995 *Renate Chotjewitz-Häfner*

* Die symbolische Verbannung (nicht Verbrennung) des Hanswursts besorgten Gottsched und die Neuberin 1737 in Leipzig.

Franca Rame und Dario Fo

---

im Rotbuchprogramm

Franca Rame Dario Fo	*Nur Kinder, Küche, Kirche* Rotbuch Taschenbuch 6
Dario Fo	*Bezahlt wird nicht* Rotbuch Taschenbuch 18
Franca Rame Dario Fo	*Offene Zweierbeziehung* *Eine Mutter* *Die Vergewaltigung* Drei Stücke und eine Nachbemerkung zu Franca Rame Rotbuch Taschenbuch 29
Dario Fo	*Ruhe wir stürzen ab* Rotbuch Taschenbuch 57
Dario Fo	*Einer für alle, alle für einen! Verzeihung, wer ist hier eigentlich der Boß?* *Zufälliger Tod eines Anarchisten* Rotbuch 188
Dario Fo	*Hohn der Angst* Eine Farce über die Entführung einer hochgestellten Persönlichkeit Rotbuch 252
Dario Fo	*Elisabetta* *Isabella, drei Karavellen und ein Scharlatan* Rotbuch 316
Dario Fo	*Er hatte zwei Pistolen und seine Augen waren schwarz und weiß* Komödie in drei Akten Rotbuch Taschenbuch 331
Dario Fo	*Mama hat den besten Shit* Rotbuch Taschenbuch 7

Die Heiner-Müller-Ausgabe bei Rotbuch

Rotbuch 108	*Geschichten aus der Produktion 1*
Stücke	Der Lohndrücker, Die Korrektur (2 Fassungen), Der Bau, Herakles 5
Prosa	Bericht vom Großvater
Gedichte	Bericht vom Anfang, L. E. oder Das Loch im Strumpf
Lektionen	Zwei Briefe, Brecht, Film, Majakowski, Oder Büchner. – Diskussionen über Die Korrektur, Der Bau
Rotbuch 126	*Geschichten aus der Produktion 2*
Stücke	Traktor, Prometheus, Zement
Prosa	Liebesgeschichte
Gedichte	Bilder. – Bemerkungen zu Prometheus, Zement
Rotbuch 134	*Die Umsiedlerin oder Das Leben auf dem Lande*
Stücke	Die Schlacht Medeaspiel, Die Bauern (Die Umsiedlerin oder Das Leben auf dem Lande)
Lektionen	Fleischer und Frau, Horaz Satiren, Geschichten von Homer, Horaz, Ulyss, Lektion, Selbstbildnis zwei Uhr nachts am 20. August 1959, Projektion 1957
Rotbuch 142	*Theater-Arbeit*
Stücke	Glücksgott, Drachenoper, Horizonte, Weiberkomödie
Texte zum Theater	Sechs Punkte zur Oper, Stellasonett, Elektratext, Froschkönig, Ein Diskussionsbeitrag, Über den Dramatiker Stefan Schütz, Ein Brief
Rotbuch 176	*Germania Tod in Berlin*
Stücke	Germania Tod in Berlin
Gedichte und Prosa	ABC, Und zwischen ABC und Einmaleins, Das eiserne Kreuz, Die Bauern standen mit dem Rücken, Hundert Schritt, Schotterbek, Philoktet 1950, Der Vater, Allein mit diesen Leibern, E. L., Gestern an einem sonnigen Nachmittag, Todesanzeige. *Ausreisen*

Die Heiner-Müller-Ausgabe

Rotbuch 184	*Mauser*
Stücke	Philoktet, Ödipus-Kommentar, Der Horatier, Hamletmaschine. Mit Materialien
Rotbuch 270	*Herzstück*
Stücke	Herzstück, Leben Gundlings Friedrich von Preußen Lessings Schlaf Traum Schrei, Der Auftrag, Quartett, Verkommenes Ufer Medeamaterial Landschaft mit Argonauten
Materialien	zu Gundling und Quartett, Brief an den Regisseur der bulgarischen Erstaufführung von Philoktet
Rotbuch 290	*Shakespeare Factory 1*
Stücke	Bildbeschreibung, Wie es Euch gefällt, Macbeth, Waldstück, Wolokolamsker Chaussee I
Rotbuch 291	*Shakespeare Factory 2*
Stücke	Hamlet, Anatomie Titus Fall of Rome, Wolokolamsker Chaussee II-IV
Materialien	Shakespeare eine Differenz, Die Wunde Woyzeck, Ein Leben ohne Maske und ein Feuer im Garten
Rotbuch 336	*Kopien 1*
Stücke	Molière, Don Juan oder der steinerne Gast; Molière, Der Arzt wider Willen; Lu Hsün, Der Misanthrop
Rotbuch 337	*Kopien 2*
Stücke	Tschechow, Die Möwe; Suchowo-Kobylin, Tarelkins Tod; Majakowski, Wladimir Majakowski Tragödie

Literarische Taschenbücher

im Rotbuch Verlag

Heiner Müller

Jenseits der Nation

Im Interview mit Frank M. Raddatz

Müller Deutschland, so hat man den bedeutendsten lebenden Dramatiker deutscher Sprache oft genannt. Die geschichtspessimistische Radikalität seiner Arbeit wird hierzulande gern als antisozialistisch verstanden oder für den Untergang aller möglichen Abendländer vereinnahmt. Heiner Müllers Beharrlichkeit, in Widersprüchen zu denken und zu schreiben, verkantet seine Positionen störend in allen Systemen.
In seinen Interviews entwickelt er eine historische Tiefenschärfe im Nachdenken über die gegenwärtigen Ereignisse in Ost und West, die nur wenigen Intellektuellen eigen ist.
Rotbuch Taschenbuch 49

Heiner Müller

Zur Lage der Nation

Im Interview mit Frank M. Raddatz

»Im Augenblick, wo eine Bewegung ihre kollektive Kraft verliert, fängt das Mumifizieren an. Man muß die Kraft aus den Toten beziehen, weil es keine Zukunft mehr gibt. Die Mumifizierung Lenins war das Ende der Weltrevolution ... Für die Realität in der DDR ist es natürlich völlig unwichtig, ob da in Moskau ein Mausoleum steht, aber daran kann man die Trennungslinie gut erkennen, die quer durch Europa läuft. Mein Traum allerdings wäre ein Kohl-Mausoleum im Teutoburger Wald. Kohl würde sich auch von der Statur her ausgezeichnet eignen - die größte Mumie der Welt.«
Rotbuch Taschenbuch 13